Main courante

ŒUVRES PRINCIPALES

Éditions Verdier
Autres lieux, *1993*
Main courante, *1994*
Les Figurants, *1995*

Éditions Gallimard
Meurtres pour mémoire, *1984*
Le géant inachevé, *1984*
Le der des ders, *1985*
Métropolice, *1986*
Le bourreau et son double, *1986*
Lumière noire, *1987*
A louer sans commission, *1990*
Play-Back, *1994*

Éditions Julliard
Hors limites, *1992*

Éditions Denoël
La mort n'oublie personne, *1989*
Le facteur fatal, *1990*
Zapping, *1992*
En marge, *1994*
Un château en Bohême, *1994*

Éditions Baleine
Nazis dans le métro, *1996*

Éditions Hoëbeke
A nous la vie !, *1996*
(*en collaboration avec Willy Ronis*)

Didier Daeninckx

Main courante

Librio

Texte intégral

LES POISSONS ROUGES

Aux rédacteurs des dépêches anonymes de l'Agence France-Presse.

Je n'aurais jamais cru qu'on puisse être aussi calme après avoir tué son père. Ou son beau-père...

L'autre je ne l'ai jamais connu, alors, c'est tout comme !

« Tu n'as rien perdu ! »... Je l'ai entendue au moins mille fois, celle-là... Maman était encore enceinte de moi lorsqu'il est parti. Il ne m'a laissé que son prénom, Albert... que je traîne depuis vingt-trois ans. Il n'y est pour rien, c'est maman, elle l'aimait encore, malgré tout, mais ce n'était pas une raison pour m'imposer ça une vie entière...

J'ai dormi normalement, sans cachet, huit heures d'affilée et s'ils n'avaient pas cogné à la porte, pour le café, j'y serais toujours.

Je n'ai pas voulu y penser avant de m'endormir. J'ai serré les dents, à les briser, et les idées ont reflué de ma tête.

Je suis seul dans la cellule, une faveur paraît-il ! On voit bien qu'ils vivent de l'autre côté des grilles... On se cogne les genoux au mur rien qu'en s'asseyant. À deux on aurait moins froid. Et on peut se parler, même si on ne dit pas tout. Ils m'ont obligé à laisser toutes mes affaires en entrant. Une espèce de balle de vêtements serrée par ma ceinture, au milieu de toutes les autres, avec mon numéro d'écrou, dans une cellule inoccupée bourrée de casiers.

C'est la première fois que je dors autre part que dans mon lit. Aux trois jours je ne suis resté que le matin et l'après-midi : ils m'ont réformé avant le morse avec un type qui se remettait mal d'un accident de moto. Personne ne m'en a voulu à la maison, même grand-mère qui était juste un peu triste. L'avocat était là et c'est lui qui a demandé au gardien, pour le carnet et le crayon, si je pouvais les prendre avec moi. Il a commencé par dire qu'il ne voulait pas d'histoires, qu'on verrait ça plus tard avant de hausser les épaules et de me faire signe d'y aller.

On ne s'évade pas avec du papier et un crayon!

C'est un gros cahier de couturière de l'année 1973, deux pages par jour, heure par heure, bloquées sous une épaisse couverture cartonnée noire. Depuis près de quinze ans j'y inscris le résumé de chacune de mes semaines sur une page en la numérotant. Mon écriture est restée pratiquement la même, pattes de mouche, penchée d'un côté quand j'écris à la fenêtre, de l'autre près de la lampe. Demain ce sera la semaine nº 730, il ne reste plus qu'une page à remplir...

Semaine nº 1. Du 2 au 8 avril 1974

Il n'a pas fait beau et je ne suis pas sorti au zoo avec l'école. J'ai fait semblant d'être malade, de tousser. Mercredi maman m'a emmené au marché de la mairie. Je l'ai tirée jusqu'au fond, derrière la halle. Il y avait des lapins nains, des hamsters, et toute une portée de petits chiens plus beaux que des caniches, des bergers labris... J'ai réussi à revenir avec deux poissons rouges (parce que ça ne fait pas de saletés) en promettant de m'en occuper pour manger.

....
....

Semaine nº 18. Du 29 juillet au 4 août 1974

Je n'aime pas quand ils se battent. Les disputes ce n'est pas la même chose. Je l'entendais qui poussait des cris aigus, dans sa chambre. Quand je suis entré, il était sur elle et lui tenait les bras. Maman a sursauté en me voyant. Il s'est levé, d'un coup, une main entre ses jambes qui ne cachait rien et m'a fichu une claque. Il a plein de poils sur la poitrine et un gros ventre avec un nombril tout plissé. Je n'ai pas pleuré.

Semaine n° 31. Du 30 novembre au 6 décembre 1974

J'ai encore eu des mauvaises notes à l'école. Je suis gaucher, alors c'est obligé, dès que j'ai écrit un mot avec mon stylo-plume, ma main passe dessus avant qu'il soit sec. Ça fait sale et la maîtresse ne veut rien comprendre parce qu'elle est de la main droite, elle. À la maison maman m'a fait un test : elle me lance un ballon et je tape dedans. C'est toujours le pied gauche qui part, donc je suis un vrai gaucher, sauf qu'elle n'ose pas venir le dire à la maîtresse. Elle a honte.

Semaine n° 40. Du 23 au 29 janvier 1975

La voiture télécommandée est cassée. Il n'arrêtait pas de jouer avec et elle cognait contre les pieds de la table. Bien sûr, c'est moi qui casse tout ! Il se croit le plus malin mais je l'ai regardé boire son vin, à table... Il claquait du palais en disant : « Il est vraiment bon son gamay, pour le prix... Faudra penser à en recommander... Tu ne veux pas y goûter ? » Je sais bien que maman ne boit jamais d'alcool, sinon je n'aurais pas pissé dans le goulot... Pas beaucoup, cinq ou six gouttes, je voulais plus mais j'ai sorti ma quéquette de la bouteille quand j'ai entendu des pas.

....
....

Semaine n° 47. Du 13 au 19 mars 1975

Mes poissons rouges ont disparu ! Dès que je rentre, le midi, je pose mon cartable et je viens les voir. L'aquarium n'était plus à sa place, sur le réfrigérateur. J'ai d'abord cru qu'il était dans l'évier, pour changer d'eau. Rien. Je l'ai trouvé en haut du placard de la cuisine, au milieu des bocaux vides. J'en ai fait tomber. Il est sorti de la salle de bains à moitié rasé, en entendant le ramdam. Pas très à l'aise. Il travaille une semaine sur deux très tôt, et là, c'est sa semaine de l'après-midi. J'ai éclaté en sanglots. Il a fait semblant d'être triste pour me dire qu'il avait mal rincé le bocal après l'avoir nettoyé à l'eau de Javel. Les poissons étaient dans la poubelle, sous un emballage de Mokarex. Je les ai enterrés dans la jardinière, sur le balcon, avec des petites figurines d'Indiens, au-dessus, pour faire joli.

....

....

Semaine n° 48. Du 20 au 26 mars 1975

Je ne sais pas si on peut mourir à neuf ans, si le cœur peut s'arrêter d'un seul coup, à cause du chagrin. C'est la voisine du dessous qui a tout déclenché parce que l'eau traversait son plafond et avait fait un court-circuit dans sa télé, en gouttant. Elle tambourinait à la porte et ses cris résonnaient dans l'escalier. Il est venu ouvrir, en pyjama. Maman était dans la baignoire, la tête contre le rebord en émail, les yeux à demi fermés. L'eau coulait du robinet de douche et passait par-dessus bord, par tout un tas de petits filets. Au début je croyais qu'elle nous faisait une blague. Il a dit : « Ne touchez à rien ! » et a coupé le courant au compteur. C'est là qu'il a sorti le sèche-cheveux qui flottait devant les seins de maman.

....

....

Semaine n° 50. Du 3 au 9 avril 1975

Elle est toute seule dans le cimetière depuis lundi. J'ai vu plein de gens de ma famille que je ne connaissais pas. On a tous mangé dans un restaurant, à l'entrée du cimetière de Pantin, et j'ai pleuré pendant tout le repas. On m'a posé plein de questions, un monsieur de la police et un autre des assurances, rapport au sèche-cheveux, mais rien sur les poissons rouges. Ce n'est pas une histoire d'eau de Javel.

Semaine n° 354. Du 7 au 13 février 1981

Il pourrait être plus discret ce connard ! Ou les emmener autre part... Si je mets ma musique à fond la caisse, c'est pour ne pas les entendre ! Il parle encore de me placer en apprentissage, un lycée de menuiserie vers Lamastre, au fin fond de l'Ardèche où il connaît quelqu'un. Sous prétexte que je ne veux rien apprendre.

Il ne s'interroge pas. Pour lui, c'est comme ça ! Menuisier du pied gauche... Rends-moi maman et j'apprends.

....

....

Semaine n° 553. Du 5 au 11 novembre 1984

Ils ne m'ont pas gardé longtemps, à Vincennes ! Même pas une journée. C'était comme une salle de classe sauf que le prof était en uniforme. Des paquets de tests plus débiles les uns que les autres du genre : « Qu'est-ce qu'on prend pour enfoncer le clou ? La cisaille, le discours ou le marteau... »

Au choix ! J'ai fait n'importe quoi, à la fin je ne lisais même plus les questions. Quand on a commencé à décrypter le morse, un trait long, deux traits courts, un examinateur est entré et m'a appelé, moi et un type qui avait la tête entourée de bandages, un accident de moto. Direct au psychiatre. Il m'a parlé de ma mère et c'est comme si je revoyais la baignoire. Grand-mère est venue à la maison mais elle ne le supporte pas, elle non plus.

....

....

Semaine n° 726. Du 24 au 30 janvier 1988

Des mois qu'il tousse comme une caverne. Le matin il n'arrivait plus à garder son petit déjeuner. Ça partait dans le lavabo, avec le dentifrice. Bonjour le réveil ! Un sale truc en dessous de la gorge, à l'œsophage. L'ambulance est venue le prendre, avec tous les voisins dans l'escalier. Je leur ai claqué la porte au nez quand ils ont voulu me plaindre... Je m'en fous de leurs malades ; ils n'ont qu'à faire pareil.

....

....

Semaine n° 727. Du 31 janvier au 6 février 1988

Tu parles qu'il ne voulait jamais me laisser seul à la maison ! Ça arrive à tous les mômes de jouer avec l'éther et les allumettes. D'abord j'avais onze ans et le liquide enflammé s'est mis à courir sur le carrelage tout seul... J'ai jeté de l'eau mais trop tard, il était passé sous la porte. À peine si ça a brûlé le lino de l'entrée... Depuis il me prend pour un incendiaire! Prétexte! J'étais à la recherche des lettres que j'envoyais à maman, de colonie, quand je suis tombé, dans le placard de leur chambre, sur une grosse boîte de chez André. Des bottes, mais à la place, entouré de chiffons, il y avait un sèche-cheveux, le même que celui qui a tué maman avec le ventilateur sous le plastique ajouré au-dessus de la poignée, sauf qu'il était en rose au lieu de bleu. Je l'ai dévissé. Il était tout rouillé à l'intérieur comme si on l'avait trempé dans l'eau.

....

....

Semaine n° 728. Du 7 au 13 février 1988

Pendant trois nuits je n'ai pensé qu'à ce sèche-cheveux, à la manière dont il s'y était pris. Tout est venu d'un seul coup, quand j'ai repensé aux poissons rouges! J'ai relu mon journal de mars 1975 et je me suis aperçu qu'ils avaient disparu quelques jours seulement avant que maman s'électrocute dans son bain.

Je le vois comme si ça se passait devant mes yeux, en train de remplir la baignoire, d'y verser l'eau et les poissons de l'aquarium et de jeter le sèche-cheveux allumé pour vérifier si le courant les tuait...

....

....

Semaine n° 729. Du 14 au 20 février 1988

Il a essayé de sourire en me voyant entrer dans sa chambre. Son doigt se pliait, pour que j'approche. L'opération lui avait laissé un trou dans la gorge avec un gros pansement qui vibrait au rythme de sa respiration. Il a ouvert de grands yeux quand j'ai appuyé sur la gaze avec mon poing. Ça n'a pas duré une minute. J'ai sonné pour appeler l'infirmière.

....

....

J'en étais là, avec la dernière page du cahier de couturière en blanc, quand la porte de la cellule s'est ouverte. Le flic à qui j'avais tout expliqué au commissariat est entré, le frère de mon beau-père sur les talons. Il tenait le sèche-cheveux à la main. Il l'a posé sur la couverture.

— Tu te souviens de la date... pour ta mère ?

Le frère me regardait comme au zoo.

— 21 mars 1975, le jour du printemps, pourquoi ?

Il a désigné le sèche-cheveux, d'un mouvement du menton.

— Parce que ton histoire ne tient pas debout : j'ai envoyé l'appareil chez Moulinex, pour expertise. Ils sont formels, ce modèle a été fabriqué à partir de septembre 1975, soit six mois après la mort de ta mère...

Le frère a voulu apporter son grain de sel :

— Pourquoi tu ne dis jamais rien ? Si tu me l'avais demandé je t'aurais expliqué que Jean et ta mère s'aimaient comme peu de gens osent se l'imaginer... Il ne s'en est jamais vraiment remis... Je savais qu'il avait essayé de faire une connerie, à cette époque...

Je me suis mis à ricaner. Lui, l'aimer ? C'est la meilleure ! Il n'y en a qu'un qui l'aime. Je criais.

— Menteurs ! Menteurs ! Vous inventez au fur et à mesure...

Le flic est venu à son secours.

— C'est malheureusement la vérité... Ton père a tenté de se suicider de la manière dont ta mère était morte, en s'électrocutant... Tu l'as tué pour rien...

Ils sont enfin partis, ils n'en pouvaient plus de m'entendre chanter... J'ai pris mon calepin à la dernière page, avant le calendrier de l'année 1974, et j'ai écrit mon titre :

Semaine n° 730. Du 21 au 27 février 1988

et je n'ai trouvé qu'une phrase à inscrire :

« Ils disent ça pour que je regrette. »

TOUTE UNE ANNÉE AU SOLEIL

Le chien s'était habitué en moins d'une semaine. Après dix années passées à étouffer ses cris dans cet appartement de banlieue aux cloisons de papier mâché, il donnait libre cours à ses instincts et hurlait en écho aux autres chiens des fermes voisines saluant l'apparition de la lune.

C'est Pierre qui avait eu le coup de foudre pour cette région d'Ardèche. Il aimait les rivières encaissées, les villages fermés, les vallées authentiques que leur inconfort protégeait des grandes migrations estivales. L'autoroute du Sud passait à moins de trente kilomètres, reliant Valence à Tournon, mais peu de vacanciers se risquaient à emprunter les routes sinueuses du Haut-Vivarais.

Ils y étaient venus dix années de suite, en juillet, pour les congés, profitant chaque fois des dernières cerises et des premiers abricots. Ils avaient fini par acheter une vieille ferme perchée au-dessus d'Arlebosc sur un chemin qui s'arrêtait à la bâtisse suivante.

Pierre avait obtenu sa retraite en janvier et il était parti préparer la maison pour l'emménagement définitif. Il restait à Josette un long trimestre à accomplir pour bénéficier d'un repos octroyé après le sacrifice de quarante années de sa vie au profit d'un fabricant de roulements à billes.

Elle l'avait rejoint en avril, avec le camion de déménagement, et s'était installée dans la chambre dont les fenêtres donnaient en direction des Alpes que l'on apercevait nettement les veilles d'orage. Il y avait longtemps qu'ils ne faisaient plus chambre commune. Pierre bricolait du matin au soir dans la maison et dans le potager. Le soir il se bloquait, heureux, devant la télé, un verre de saint-joseph à la main. Josette montait se coucher et son regard se troublait sur les lignes d'un livre sans réussir à accrocher le moindre mot. Les premiers mois elle avait essayé de lier conversation avec les femmes, au marché, dans les commerces, mais son assurance de Parisienne, d'ouvrière rompue aux contacts, les avait effrayées. Les tentatives s'étaient échouées sur leurs « bonjour », leurs « bonsoir ».

Les enfants étaient venus, la fille en juillet, le fils en août, avec les petits, et elle avait cru faire provision de bonheur, d'éclats de rire pour les longs mois de déclin et de froid.

On était déjà en novembre et le vent sifflait dans les forêts dépouillées. Pierre remuait dans son lit, dormant par bribes. Le craquement d'une marche de l'escalier le mit en éveil. Il se redressa et tendit l'oreille. On marchait dans la salle à manger. Il décrocha son fusil et, lentement, faisant glisser ses pieds nus sur le carrelage du couloir, il progressa jusqu'à la chambre de Josette. Le corps de sa femme gonflait l'édredon. Pierre ne la réveilla pas et parvint jusqu'à la rambarde de bois qui surplombait le rez-de-chaussée. Une forme noire s'éloignait vers la porte d'entrée. L'inconnu se retourna brusquement pour prendre la valise posée près de lui. Pierre interpréta le geste comme une menace et fit feu à deux reprises. L'inconnu s'écroula et ses râles d'agonie furent couverts par les réverbérations du fracas des détonations. Pierre se précipita vers la chambre de Josette, pour la rassurer. Elle n'avait pas bougé et il eut soudain peur qu'il lui soit arrivé malheur... Il tira l'édredon, faisant apparaître le traversin qui donnait l'illusion d'une présence. Il posa le fusil et descendit les marches à la volée, au risque de se rompre les os. Son doigt s'écrasa sur la commande électrique. La lumière crue éclaira le désastre. Josette gisait au milieu de son sang, sur le seuil de la maison. Elle avait réussi à ouvrir la valise, dans un dernier sursaut, et venait de quitter le monde le visage plongé dans les photos, les lettres, les souvenirs d'une vie dont elle refusait qu'elle se terminât là.

Patrick Bertin et sa femme, Sonia, habitaient une petite résidence de la rue Danton, à Levallois. De leur balcon ils apercevaient la Seine, grise, et la pointe de l'île de la Jatte que l'on aménageait en parc. Ils vivaient ensemble depuis cinq ans et attendaient un enfant qui ne venait pas. L'espoir partagé des premiers temps avait laissé place à l'amertume. Une guérilla domestique dans laquelle les coups de gueule et les prises de bec remplaçaient les embuscades. Patrick se calmait en courant le long des berges, de Neuilly à Saint-Ouen. Sonia, sédentaire, se gavait de chocolat devant la télé, de Dorothée-Matin à Soir 3. Un midi, par ennui, elle se laissa aller à pianoter sur son Minitel la réponse à un vague concours sur le feuilleton de la veille. Elle remporta le premier prix, un week-end à Amiens offert par le Conseil Régional de Picardie, coproducteur du feuilleton en question... Ce fut une révélation : eux qui ne donnaient même pas suite aux courriers mirifiques des Trois Suisses ou de La Redoute leur promettant des millions par dizaines, des voitures, des rivières de diamants, eux qui boudaient le tiercé, le loto, le tac-o-tac, se mirent à écumer les journaux de télé, le stabilo-boss à la main, soulignant le moindre écho concernant un projet de jeu, établissant des fiches par chaînes, par animateurs, par familles de questions... Ils entraient les données dans l'ordinateur gagné à L'Antenne est à vous, sur FR3, peu après le retour d'Amiens, et s'organisaient des épreuves à blanc... En six mois d'intense activité, ils avaient acquis une connaissance précise du terrain et recruté un redoutable réseau d'informateurs parmi les secrétaires, les assistants, les techniciens des studios auxquels ils refilaient les lots en double. Un walkman contre l'adresse de Sabatier, un magnétoscope pour le téléphone de Sophie Darel, un fer à repasser pour le planning du Jeu des mille francs. Ils apparaissaient le midi sur la 2, pour Kazkado, empochaient dix mètres carrés de carrelage, une encyclopédie, un sauna finlandais, et refaisaient surface le soir à Star-Quiz, le sourire aux lèvres. Les trois pièces de l'appartement de la rue Danton étaient impraticables, encombrées de télés, de cartons, de meubles, et c'est à la gentillesse des voisins qu'ils devaient d'accéder à leur lit : chacun, dans l'immeuble, entreposait une machine à laver, une table à repasser, une banquette ou une panthère en peluche !

Le 25 septembre 1988, ils décrochèrent Dimanche-Martin. Le quartier se mobilisa en masse pour les soutenir, à l'Empire. Ils firent don de leur Voyage autour du monde au curé de la paroisse Notre-Dame du Perpétuel Secours qui sanglota en direct sur l'épaule de Jacques Martin. De retour à la maison, Patrick alluma l'ordinateur et afficha la liste des jeux. Il bascula Dimanche-Martin dans la colonne de droite, au milieu de l'impressionnante liste d'émissions radio et télé auxquelles ils avaient participé. Un seul titre occupait maintenant la colonne de droite : Le Cercle magique.

Au cours du mois qui suivit, Patrick et Sonia Bertin consacrèrent toute leur énergie à dynamiser leur réseau afin d'obtenir une sélection dans l'émission vedette de TF1. Ils étaient près d'aboutir quand, un vendredi soir de novembre, Michel Perrin apparut à 19 h 25, souriant, le cercle multicolore dans son dos, comme une auréole intégrale. Ce qu'il annonça les glaça d'effroi.

— Mesdames, messieurs, vous allez assister ce soir à la dernière du Cercle magique... Eh oui, nous sommes comme ça, à TF1, nous n'avons pas peur d'innover, même en plein succès ! Dès lundi, à cette place, je présenterai un nouveau jeu, encore plus passionnant et dont je ne peux rien vous dire pour la bonne raison qu'il est nécessaire que j'en ignore tout, moi-même, jusqu'à la dernière minute...

Sonia se rua sur le téléphone. Elle parvint à joindre le décorateur du studio qui, en échange d'une chaîne laser, lui confia que son équipe était requise pour le week-end et transformait les décors du Monde en face, un projet abandonné pour cause d'audimat défaillant. Le lundi matin à huit heures ils battaient déjà la semelle devant les portes closes quand Michel Perrin gara sa voiture sur le parking réservé. L'animateur les reconnut instantanément.

— Qu'est-ce que vous foutez là ?

Patrick se planta devant lui.

— Vous n'aviez pas le droit d'arrêter Le Cercle comme ça, sans prévenir... C'était la seule émission qui nous manquait... On vous a écrit au moins dix fois... Jamais de réponse...

Michel Perrin frissonna et rajusta le col de son manteau.

— Écoutez : vous traînez sur toutes les télés ! Depuis six mois, on ne voit que vous... Il suffit que vous apparaissiez pour que les téléspectateurs croient que le jeu est truqué ! Prenez des vacances : vous en avez gagné au moins dix piges... Après on verra.

Sonia s'approcha.

— Vous ne pouvez pas dire cela : nous avons toujours gagné honnêtement... Prenez-nous pour ce soir... Nous n'avons jamais eu l'occasion d'inaugurer une émission...

Michel Perrin la regarda fixement puis soupira.

— Je n'ai pas le temps de discuter, la sélection des candidats a lieu dans deux heures... Entrez, maintenant que vous êtes là...

À midi les neuf dixièmes des postulants étaient éliminés. L'animateur attendait ce moment pour sortir le questionnaire de blocage. Il laissa son regard s'appesantir sur les cinq couples rescapés, s'arrêtant un moment sur Patrick et Sonia. Il énonça la question, lentement, hachant les syllabes.

— La clémentine est : A. un fruit d'origine chinoise, B. une orange naine, C. la création du père Clément.

Deux couples brandirent la pancarte A, deux autres la pancarte B. Seul Patrick exhiba le panneau C. Michel Perrin hocha la tête et tendit la main vers eux.

— La bonne réponse était la troisième. Patrick et Sonia seront donc les candidats du premier Jeu-mystère !

Ils passèrent une partie de la journée entre les mains des maquilleuses, des coiffeurs, des couturiers. La chaîne lançait une offensive de grande envergure pour s'imposer sur la tranche horaire menant à la grand-messe du Vingt-heures : tout devait scintiller. Ils mangèrent légèrement dans une loge insonorisée et furent conduits, les yeux bandés, sur le plateau. Michel Perrin dénoua les écharpes qui leur enserraient le crâne. La lumière des projecteurs les fit vaciller. Les applaudissements crépitèrent, bientôt couverts par une musique délirante où les trompettes coursaient les violons. Un gigantesque rideau rouge dissimulait la plus grande partie de la scène. L'animateur se racla la gorge, profitant des ultimes notes du jingle, et se plaça dans ses marques, face à la caméra numéro un.

— Le moment tant attendu est arrivé. Je vais découvrir en même temps que vous les règles du Jeu-mystère. Nos candidats, Patrick et Sonia, vont enfin connaître les épreuves qui les attendent.

Il décacheta l'enveloppe qu'un huissier en grande tenue vint lui apporter et déplia une feuille parcheminée.

— Voilà... Patrick, Sonia, j'ai l'immense bonheur de vous annoncer que vous avez gagné un robot ménager, un voyage à Bali pour deux personnes, une télévision coins carrés, une statuette mexicaine, un magnétoscope programmable sur trois mois, un collier en or véritable, une cuisine toute équipée et une Renault 19 TX... Huit lots magnifiques pour une valeur de vingt millions de centimes !

Le rideau se souleva majestueusement sur l'amoncellement de cadeaux. Le public, subjugué, ne réagissait pas. Sonia broyait la main de Patrick, derrière le pupitre rose. Michel Perrin continuait sa lecture.

— Vous avez gagné ces lots, mais pour les emporter, il va falloir répondre à huit questions. Pour chacune de ces questions, vous devrez mettre l'un de vos cadeaux en jeu. Si vous répondez juste, la mise est à vous, définitivement... Vous avez compris ?

Patrick avala sa salive et hocha la tête. L'animateur tira la première fiche.

— Que misez-vous pour commencer ?

Sonia sacrifia le robot ménager.

— Voici la question : les bouteilles en plastique datent-elles de 1979, de 1969 ou de 1959 ?

Patrick ne prit pas le temps de consulter sa femme.

— 1959 !

La musique désaccordée dégringola des cintres et une hôtesse vint enlever le robot ménager. L'animateur esquissa une grimace.

— Eh non, c'est en 1969 seulement que Vittel répandit l'usage de la bouteille plastique...

Au cours du quart d'heure qui suivit Patrick brada le voyage à Bali, la télévision, le magnétoscope, le collier, la cuisine équipée. La Renault leur passa sous le nez à cause de la bande Velpeau dont il attribua l'origine au grec ancien (*vel pelos*, soins de la peau !) alors qu'il s'agissait tout simplement du nom d'un chirurgien... Sonia, décomposée, se mordait les lèvres. Michel Perrin, dépassé par les événements, prit la dernière fiche.

— Patrick, je vous demande de réfléchir, vous avez le temps... Concertez-vous avec Sonia avant de répondre... Vous pouvez encore conserver cette superbe statuette mexicaine en marbre certifié... Écoutez bien : nous avons interrogé cent personnes et leur avons demandé quel était le plus grand dictateur de tous les temps... Qui ont-elles désigné en majorité ?

Sonia se pencha vers le micro.

— Hitler...

La musique éclata en harmonies subtiles et le public se mit à frapper dans ses mains. L'hôtesse, qui jusque-là débarrassait les lots en coulisse, remit en gros plan la statuette mexicaine à Sonia.

Ils rentrèrent à Levallois sans échanger un seul mot. Personne ne les attendait dans le hall comme les jours de triomphe. On les épiait derrière les rideaux. Patrick se laissa tomber dans le fauteuil remporté à Qui dit quoi et se versa un scotch. Sonia faisait les cent pas dans l'appartement, bousculant les trésors placés sur son chemin.

— Arrête ! Tu me fatigues...

Elle se planta devant lui.

— Elle est bonne celle-là ! Je fatigue monsieur... Sur le plateau, c'est là que tu aurais dû être fatigué, au lieu de dilapider tous nos cadeaux... Pauvre mec !

Il se releva, vert de rage, et lui envoya le fond d'alcool au visage.

— Tu vas la fermer à la fin...

Sonia se précipita sur son sac pour prendre un kleenex et essuyer le scotch qui lui brûlait les yeux. Ses doigts se refermèrent sur la tête de la statuette. Elle se retourna et, par trois fois, le socle noir s'enfonça dans le crâne de Patrick.

Le reste de la nuit Sonia répondit à des dizaines de questions auxquelles elle avait perdu d'avance.

L'équipe de télévision fut prévenue un peu avant dix heures, le matin du 26 avril 1993, et la Fiat Tempra break ne mit qu'un quart d'heure pour franchir les vingt-cinq kilomètres qui séparaient les studios napolitains de la RAI des faubourgs de la Madone-du-Rosaire. Il était encore trop tôt pour les visites, la route était dégagée, et ils atteignirent le site sans avoir à klaxonner en doublant les milliers de carcasses surchauffées qui, dans moins de trois heures, ceintureraient les vestiges de la ville martyre. Ils entrèrent dans Pompéi par la porte de Stabia. Deux gardiens bedonnants les attendaient devant la Caserne des gladiateurs. Ils guidèrent les manœuvres de stationnement du conducteur et, certainement chapitrés sur l'urgence de la situation, aidèrent en suant au déchargement du matériel vidéo. L'équipe bifurqua à droite, devant la Maison du cithariste. Les officiels s'étaient regroupés près du palais de Paquius Proculus. Le journaliste-réalisateur, Fabrizio Coturo, reconnut la silhouette massive du professeur Maiauri que tout le monde surnommait le Hitchcock du Vésuve. Il y avait également le responsable du site, Emiliano Tirreni, et trois archéologues de renom dont il chargea son assistante de relever les noms. Tout ce beau monde parlait à voix basse, comme si les murs cendrés avaient des oreilles, comme si les mosaïques de Philoxenos dissimulaient des micros. Plus loin, vers la porte de Nola, trois terrassiers creusaient une tranchée d'écoulement des eaux de pluie dans la terre friable et vierge du secteur numéro trois.

Maiauri se précipita au-devant des journalistes. Il marchait par saccades, lançant ses jambes de côté, gêné par sa ventripotence. Il posa la main sur l'épaule de Fabrizio Coturo et le guida jusqu'au groupe de scientifiques. Les pointes des chaussures noires au vernis terni par une fine pellicule de cendre délimitaient un rectangle de terre d'environ deux mètres sur trois au centre duquel apparaissait un fragment de statue. Le marbre, enfoui depuis près de deux mille ans, brillait de son éclat originel. Le cadreur régla le trépied de la caméra au maximum afin de filmer le sujet en surplomb. Les professeurs s'armèrent de pinceaux, de balayettes et se mirent en devoir d'exhumer l'œuvre cachée. Il ne leur fallut qu'une dizaine de minutes pour dégager l'épaule et le visage rieur d'un bébé en pierre polie. Ils agissaient avec une infinie douceur, en accoucheurs d'art. Fabrizio Coturo respira profondément pour retenir l'émotion qui lui piquait les yeux quand Emiliano Tirreni prit l'enfant dans ses bras pour le poser sur une table dressée près de la rue de l'Abondance.

Le reportage fut diffusé le jour même, au journal de treize heures. La naissance de l'enfant de Pompéi bouleversa le pays. Pendant près d'une semaine les conversations furent pleines de ces images d'espoir et l'on en oublia même de brocarder le nouveau gouvernement, de s'interroger sur les liens des ministres promus avec la pieuvre ! Les terrassiers du secteur trois de la ville antique se mirent en grève le jour de la découverte, mais personne ne prêta attention à leur mouvement. Seul un fanzine napolitain auquel collaborait le fils d'un des ouvriers publia un écho sur le tract qu'ils avaient tenté de distribuer aux touristes indifférents :

« *Une dizaine de manœuvres du site de Pompéi ont cessé le travail, lundi 26 avril, pour protester contre le vol de leur trouvaille. En creusant une tranchée pour l'évacuation des eaux de pluie, ils sont tombés sur la statue aujourd'hui connue sous le nom de* L'Enfant de

Proculus. *Ils affirment que l'équipe dirigée par le professeur Maiauri aurait de nouveau enterré la statue afin de s'attribuer, par le biais de la télévision, la paternité de cette découverte. Précisons qu'en archéologie "découverte" se dit aussi... "invention".* »

LA MORT EN HUIT CHIFFRES

« Je n'en peux plus... Il faut absolument qu'on m'aide sinon je ne sais pas ce qui va arriver... Je suis capable de tout dans ces moments-là... Les mômes, je les aime, mais c'est comme si plus rien n'existait... Vous ne pouvez pas comprendre... »

Les mots s'espacèrent, le léger froissement d'un kleenex... Anne en profita pour éloigner l'écouteur de son oreille endolorie. Elle bloqua le combiné entre son épaule et sa tête, puis avec sa main rendue libre, elle saisit un stylo et traça des croix dans les cases de la fiche statistique anonyme.

Femme : X

40-45 ans : X

Divorcée : X

Enfant(s) : X (2)

Employée : X...

Elle laissa le silence s'installer sur la ligne comme on le lui avait conseillé six mois auparavant, lors du stage de formation. Depuis toujours, elle ressentait le besoin d'être près des autres, de les réconforter, de les aider, et l'annonce parue dans *France-Soir* avait immédiatement attiré son attention :

SOS-Déprime recherche bénévoles motivés pour assurer permanences téléphoniques de nuit.

Sa candidature avait été retenue. Depuis, elle consacrait trois soirées par semaine à apaiser les souffrances de correspondants dont elle apprenait tout sauf le nom. Au début, François, l'homme avec qui elle vivait, avait tenté de l'en dissuader. Elle s'était butée et il avait dû s'incliner devant sa détermination, comprenant qu'elle n'hésiterait pas à le quitter s'il lui refusait son aval.

Il lui arrivait bien encore de lancer quelques piques,

de lui faire remarquer l'heure lorsqu'elle rentrait, triste du malheur entendu, mais avec une telle sincérité désolée qu'elle ne pouvait lui en tenir rigueur.

En semaine, les permanences étaient assurées à deux. L'association renforçait l'équipe le vendredi et le samedi soir ainsi que les jours de fête quand la joie des uns creusait le désespoir des autres. Anne s'était liée d'amitié avec Frédérique, une jeune infirmière qui doublait là ses journées d'hôpital, huit heures salariées pour les corps au martyre, quatre heures offertes à soulager les âmes.

Il était à peine onze heures quand cette femme avait appelé, après un long quart d'heure de silence. Anne avait décroché en se tournant vers Frédérique.

— Tu peux descendre manger un morceau, j'ai l'impression que ce soir ça va être calme... Tu vas chez le Chinois ?

Frédérique haussa les épaules, esquissant une moue.

— Ça ne me dit trop rien... Je vais voir. Salut, je reviens d'ici une heure.

Anne se sentait plus à l'aise seule. Elle pouvait laisser libre cours à ses sentiments, quelquefois à ses pleurs, sans craindre le regard de ses collègues. Elle rassura la femme en dérive puis un môme tout juste sorti de taule, paumé dans Paris, à qui elle donna une liste de points de chute.

L'appel arriva dix minutes plus tard : une voix grave, une voix d'homme dont les intonations étaient étouffées, comme s'il avait placé un linge contre l'émetteur. Elle avait l'habitude et, en règle générale, cela annonçait un obsédé sexuel, un type qui n'avait pas les moyens de se payer une ligne rose et qui se masturbait en haletant ses fantasmes. Elle s'apprêtait à raccrocher quand la phrase tomba :

— Vous devez venir à mon secours... Je crois que je vais devoir tuer quelqu'un...

Derrière la voix oppressée, elle crut discerner l'écho d'une fête.

Ces six mois d'écoute l'avaient aguerrie et elle parvenait à déceler la sincérité d'un correspondant en quelques secondes, à des signes imperceptibles, une certaine émotion, la manière de prononcer les mots, de les rendre graves.

Elle comprit qu'il disait vrai.

Il était assis dans un fauteuil de cuir, au centre d'une vaste pièce, face à un meuble bas dont les étagères supportaient les divers éléments d'une chaîne haute fidélité. Les diodes rouges du tuner rythmaient les tonalités du disque de bruitage. L'homme posa la pochette sur le tapis sombre qui masquait le parquet.

— Il faut me prendre au sérieux, mademoiselle. Ou peut-être madame...

Anne ferma les yeux.

— Mademoiselle. Mais si cela vous est plus facile, vous pouvez m'appeler par mon prénom. Je m'appelle Anne...

L'homme tendit le bras vers une table recouverte d'une nappe brodée pour prendre un étui à cigarettes en métal doré. Il l'ouvrit et fit glisser l'une des cigarettes blondes dont les filtres étaient pincés par une barrette de cuivre. L'intérieur du couvercle s'ornait d'une carte de l'Allemagne de l'Ouest gravée. Les contours de la zone d'occupation française étaient teintés en rouge. Il alluma sa cigarette avec un Zippo qu'il referma en faisant claquer le couvercle. Il avait posé le téléphone sur ses genoux. La partie inférieure du combiné était enveloppée d'un mouchoir maintenu à l'aide de sparadrap.

— C'est gentil de me donner votre prénom, Anne, mais n'attendez pas que moi je fasse de même. Je ne parle jamais à personne lorsque je suis dans cet état-là. Je sais simplement que rien ne pourra m'empêcher d'aller jusqu'au bout.

— Si vous avez ressenti le besoin de composer notre numéro de téléphone, c'est que, quelque part, enfoui au fond de vous-même, il y a l'espoir de...

— Taisez-vous, ne me parlez pas d'espoir ! Avez-vous déjà parlé à un meurtrier, à un assassin ?

Anne se troubla.

— Non, non, jamais...

Il se mit à rire, d'un rire forcé, maladif.

— Alors vous ne savez rien sur nous... Qu'est-ce qui vous fait croire que cette conversation a pour but de m'interdire de me mettre en chasse ? Parce que je vous ai demandé de venir à mon secours ? C'est ça ? Mais ce secours, c'est peut-être de m'aider à commettre mon crime ! Vous ignorez totalement ce qui se passe dans ma tête. Si je suis assez fou pour enfoncer un couteau dans le ventre d'une inconnue, pour quelle obscure raison ne le serais-je pas assez pour avoir besoin de cette... comment dirais-je... excitation téléphonique ! Vous seriez ma complice, en quelque sorte...

— Ça ne tient pas debout, il me suffit de raccrocher...

Il écrasa sa cigarette à demi consumée dans un lourd cendrier de cristal, au milieu d'une dizaine de mégots tordus.

— Pour continuer à vivre avec le remords ? Imaginez que demain votre journal vous apprenne qu'une jeune femme blonde a été poignardée à Paris, sans raison apparente, et que l'assassin a signé son crime en prélevant les bouts de seins de sa victime... Vous vous reprocheriez jusqu'à votre mort ce manque de courage. Parce que l'espoir dont vous parliez tout à l'heure, cet espoir, c'est vous qui le nourrissez... Vous sauvez des vies à heure fixe... D'habitude, bien sûr, votre clientèle, votre boutique, ce sont les suicidaires, les meurtriers d'eux-mêmes, et vous pouvez vous bercer de l'illusion de les avoir sauvés. L'actualité ne vient pas vous démentir. Avec les gens de notre sorte, la règle du jeu change du tout au tout : votre échec s'étale à la première page des journaux !

— Qui vous parle en termes de victoire ou d'échec... Je suis ici pour vous écouter, vous proposer unc solution si jamais il en existe une... Je ne vous juge pas : j'ignore tout de ce qui vous pousse à agir de la sorte. Il y a peut-être moyen de calmer cette pulsion de mort... un remède... Laissez-moi le temps de me renseigner sur une autre ligne...

L'homme agita la tête en souriant. Il tira une seconde cigarette de son étui qu'il avait laissé ouvert près du fauteuil. Le Zippo claqua.

— Vous me décevez, Anne! Vous croyez vraiment que j'accepterais de vous laisser appeler un autre numéro? Votre médicament ne serait pas en vente à la maison « poulaga », par exemple?

— Je ne comprends pas ce que vous voulez insinuer...

Elle commençait à avoir chaud et but à grands traits à même le goulot de la bouteille d'Évian.

— Les flics, si vous préférez. Cela m'étonnerait qu'ils accèdent à une demande de ce genre, mais vous pourriez essayer de leur faire détecter l'origine de l'appel... Ce ne serait pas très gentil de votre part, Anne. En plus, si par malheur je ne tuais personne cette nuit, vous auriez bonne mine! On doit exiger davantage de maîtrise de soi chez vos employeurs, non?

— Que voulez-vous, à la fin...?

Elle s'entendit, presque implorante, et rectifia sa voix.

— ... Je n'ai nullement l'intention de me mettre en rapport avec la police, le règlement de notre association nous oblige au secret le plus strict. En revanche, je peux, par téléphone, soumettre votre cas à l'un des médecins qui travaillent avec nous et il vous conseillera un calmant ou un traitement...

L'homme se leva de son siège, tenant son poste téléphonique à bout de bras. Il s'inclina vers le meuble hi-fi et augmenta légèrement le volume. La rumeur de fête, les appels forains, les cris des filles dans les manèges affolés, les patchworks de musique devinrent plus perceptibles pour Anne.

— Un calmant contre le crime! Vous êtes vraiment extraordinaire! Et remboursé par la Sécurité sociale en plus... On en donnerait aux gamins dans les casernes : huit jours de traitement intensif pour supprimer la guerre... Ne vous faites pas d'illusions, il n'y aura pas de consultation. Pas plus cette fois que les deux fois précédentes... J'irai jusqu'au bout de mon chemin de croix et seule la tiédeur du sang sur mes mains parviendra à m'apaiser.

Anne distinguait nettement les échos d'une fête foraine et essayait de se souvenir du quartier où, la veille, elle avait vu s'installer des manèges et des stands. Toute à son effort de mémoire, elle réalisa avec retard la signification de ce qu'elle venait d'entendre : « Pas plus cette fois que les deux fois précédentes. »

Elle se passa la main sur le front et rejeta ses cheveux en arrière.

— Vous avez déjà tué, vraiment ?

— Ça a l'air de vous émouvoir, votre voix a changé... Bien sûr que j'ai déjà tué : je n'arrête pas de vous le dire depuis le début, sur tous les tons. Je vous ai même décrit ma technique : je cherche une jeune femme correspondant exactement à mes désirs et, au moment opportun, je la poignarde dans le ventre. Ensuite je dénude sa poitrine et, à l'aide d'un rasoir de coiffeur, je coupe les mamelons, que j'emporte avec moi. Rappelez-vous, la dernière fois, c'était rue Durantin, dans le 18e arrondissement... On n'en a pas trop parlé parce que c'est tombé en même temps que cette sordide histoire d'assassinats de vieilles dames... Un journaliste dont je retiens le nom a été jusqu'à prétendre qu'il fallait mettre mon crime au crédit de cet ignoble individu...

Anne sentit un frisson de dégoût courir le long de son dos. L'annonce du crime l'avait frappée à l'époque : elle habitait alors un immeuble de la place des Abbesses et, ce soir-là, elle avait fait un crochet par la rue Durantin afin de remettre un livre à une amie. Elle avait vécu trois ou quatre jours avec la peur du bruit de ses propres pas, puis la crainte s'était dissipée.

— Vous me croyez, maintenant, Anne ? Vous vous rendez compte que je suis un homme de parole... Je suis aussi sincère que vous, pas dans le même genre bien sûr, mais, en définitive, ce qui compte, c'est la fidélité à soi-même... Nous nous ressemblons, Anne.

Il tira une nouvelle cigarette de son étui et l'abondante fumée des premières bouffées se mêla au voile odorant qui flottait près du plafond.

— Depuis tout à l'heure, j'essaie d'imaginer le bureau dans lequel vous m'écoutez... seule... car je suis persuadé qu'en ce moment vous êtes seule... J'ai raison, n'est-ce pas ?

Elle tenta de nier, maladroitement.

— Vous vous trompez, je suis entourée de collègues... La nuit, nous travaillons toujours en équipe...

— Cessez de mentir. Il n'y a aucun bruit autour de vous, tout est étrangement calme... Si vous en aviez eu l'occasion, je suis certain que vous n'auriez pas manqué d'appeler à la rescousse...

Anne n'eut pas la force de le contredire. La voix de son correspondant résonna à nouveau dans l'écouteur.

— Laissez-moi vous détailler... Je ne connais de vous que votre voix, mais elle ne peut appartenir qu'à une jeune femme... Je voudrais que vous soyez blonde, de longs cheveux libres sur les épaules, des yeux clairs, quelques discrètes taches de rousseur...

— Taisez-vous ! Taisez-vous... Vous êtes complètement malade. Vous êtes un monstre...

Le téléphone lui glissa des mains et vint heurter le plateau du bureau. Anne essuya les larmes qui brouillaient ses yeux gris et mouillaient ses joues parsemées de minuscules taches de rousseur. Quelques cheveux dorés s'étaient plaqués sur son menton et elle les décolla du bout de ses ongles pour les bloquer derrière le lobe d'une oreille. Elle reprit le combiné et le replaça dans le creux de son épaule.

— ... nervez pas comme ça ! Je ne veux pas vous faire de peine. Nous sommes presque des amis maintenant. Rien qu'à Paris, il existe des milliers de couples qui se parlent moins que cela dans toute une année ! Laissez-moi venir près de vous... Dites seulement que vous me le permettez et je serai là dans moins de dix minutes...

— Jamais. Vous m'entendez : jamais ! Des gens vont bientôt me rejoindre et vous ne pourrez rien faire. N'importe comment vous ne possédez que notre numéro... Personne n'a notre adresse...

Il tira une dernière fois sur sa cigarette et la jeta dans le cendrier.

— Pourquoi avez-vous si peur, dans ce cas ? Vous m'accordez beaucoup trop de pouvoir en vous troublant à ce point. Les bureaux de SOS-Déprime sont situés dans une minuscule rue, derrière Barbès... Au numéro 17 de cette rue... Vous voulez que je continue ?

Anne se mit à jeter des regards inquiets dans la pièce et raccrocha, haletante. Elle se leva, décrocha son manteau, passa son sac sur son épaule et se précipita dehors.

L'homme garda le récepteur près de son oreille quelques secondes, souriant. Il arracha le sparadrap qui maintenait le mouchoir, roula la bande collante sous ses doigts et la jeta dans la corbeille. Il se mit debout, s'étira, ôta le disque de bruitage de la platine, le glissa sous un meuble et le remplaça par un disque de Satie. Il ajusta sa robe de chambre et s'octroya une nouvelle cigarette qu'il préleva dans son étui métallique.

La rue André-Del-Sarte était vide, tous les commerçants avaient baissé leurs rideaux de fer. Elle courut en direction de la rue Feutrier mais aucune lumière ne brillait à la devanture du Chinois. Elle gagna la rue de Clignancourt à toutes jambes et la dévala jusqu'aux boulevards. La vue des passants ne lui avait jamais fait autant de bien. Elle se bloqua dans une cabine téléphonique et appela François. La sonnerie résonna une dizaine de fois. Elle se mit à paniquer à l'idée qu'il ait eu envie, ce soir justement, d'aller au cinéma. Il décrocha enfin, et prononça son « Allô ! » d'une voix ensommeillée.

— François, c'est toi ?

— Tu viens de composer mon numéro, qui veux-tu que ce soit ?

— Tu ne peux pas savoir combien je suis heureuse d'entendre ta voix...

— Ça n'a pas l'air d'aller... Tu ne devais pas travailler, ce soir ?

Un homme venait de s'arrêter devant la cabine. Elle sentit son regard descendre le long de son corps. La voix de François lui parvenait au travers d'un profond brouillard. Elle pivota et fit face à l'inconnu. Il se contenta de lui sourire et d'agiter sa montre pour signifier qu'il était pressé.

— Que se passe-t-il, Anne ? Je te sens toute bizarre... Tu veux que je vienne te prendre ?

— Non, tu es gentil... Je t'expliquerai... Il y a des taxis en face, j'arrive... Je t'aime.

Elle bascula la porte de la cabine et traversa la rue sans prendre garde à la circulation. Le taxi la déposa devant l'immeuble de François, rue de Lyon. Un couple entrait dans le hall, l'homme se retourna pour siffler son chien. Anne profita de leur présence et se glissa dans l'ascenseur. Elle ferma les yeux jusqu'à ce que les deux battants métalliques coulissent sur le palier du cinquième étage. Elle n'eut pas besoin de frapper à la porte, François l'attendait sur le seuil. Il la prit dans ses bras et, la soutenant, il la conduisit dans la vaste salle à manger, l'installa dans un fauteuil et s'assit près d'elle, sur l'accoudoir.

— Tu as l'air d'avoir rencontré le diable... Veux-tu que je te prépare un remontant ?

Anne se serra contre lui.

— Non... Ça me fait du bien d'être près de toi... Je n'ai jamais eu aussi peur de ma vie... J'ai bien cru qu'il allait venir me tuer...

Elle se libéra de son trop-plein d'angoisse, d'un coup. Les larmes coulèrent sur ses joues, abondantes. Elle se mit à lui raconter sa rencontre téléphonique avec celui que les journalistes surnommaient le Boucher du 18ᵉ, entrecoupant son récit de pleurs, de sanglots. François l'écoutait, immobile. Il se leva et la fixa.

— Que vas-tu faire ? Appeler la police ?

— Pour leur dire quoi ? Ils vont me prendre pour une folle. En tout cas, je suis certaine d'une chose : je ne retournerai plus jamais là-bas... J'aurais dû t'écouter depuis le début, c'est toi qui avais raison...

François allongea le bras vers l'étui à cigarettes qu'il ouvrit d'une pression du pouce. La frontière rouge de la zone d'occupation française scintilla dans la lumière. Il se saisit du Zippo dont il fit claquer le couvercle puis le reposa avant de retourner le disque de Satie.

Il se mit à genoux devant Anne, posa sa tête dans le creux de ses cuisses.

— Tu ne dois plus avoir peur, maintenant, je suis là près de toi, pour te protéger.

Toujours en train de gueuler, d'éructer, d'agonir! Derrière son dos, ça fusait, les insultes. Le porc, l'ordure, le führer... Impossible de tenir autrement. Les courbettes par-devant, les salamalecs, le miel, le cirage. Et l'antidote dès la porte franchie. Apprendre à sourire dans le vide en serrant les dents. Le pire, c'était les premiers temps, quand on arrivait à son service, alléché par le salaire de mille dollars nourri-logé... Il vous laissait approcher en vous regardant de ses yeux morts et vous plaquait les mains sur le visage, vérifiant l'ourlé des lèvres, l'épatement du nez, le grain de la peau, le crépu des cheveux. Au moindre doute le vieux se mettait à hurler de dégoût.

— Enfants de pute, virez-moi ça, c'est un Noir!

Le type y allait de sa protestation.

— Non, monsieur, je vous jure...

Mais ça ne servait à rien. Il repartait plein d'amertume, un billet de cent dollars scotché sur la bouche, incapable de comprendre qu'il était tombé du bon côté et que l'horreur attendait les rescapés surpayés de la sélection.

L'aveugle habitait un château construit à flanc de colline, à quelques kilomètres de Westwood, et toute la communauté vivait en complète autarcie sur les terres environnantes, cultivant le blé, cuisant le pain, élevant le bétail. Le vieux ne s'autorisait qu'un luxe : l'opéra et les cantatrices blanches qu'il faisait venir chaque fin de semaine et qui braillaient toutes fenêtres ouvertes, affolant la basse-cour.

Il ne dormait pratiquement pas, comme si l'obscurité qui l'accompagnait depuis sa naissance lui épargnait la fatigue. Ses gens lui devaient vingt-quatre heures quotidiennes d'allégeance. Le toubib vivait en état d'urgence permanent et tenait grâce aux cocktails de Valium et de Témesta qu'il s'ingurgitait matin midi et soir. Le vieux prenait un malin plaisir à l'asticoter, contestant ses diagnostics, refusant ses potions. Ces persécutions n'empêchèrent pas le docteur d'avertir son patient de la découverte d'un nouveau traitement qui parvenait à rendre la vue à certaines catégories d'aveugles. Le vieux embaucha une douzaine d'enquêteurs aryens et leurs investigations établirent que le procédé en question ne devait rien aux Noirs.

On fit venir à grands frais la sommité et son bloc opératoire. Le vieux se coucha de bonne grâce sur le billard et s'endormit sous l'effet du Pentothal. Il se réveilla dans le noir absolu et demeura trois longs jours la tête bandée, ignorant si ses yeux voyaient ou non ses paupières.

Le chirurgien retira enfin les pansements. Le vieux ouvrit prudemment les yeux et poussa un cri terrible. Un Noir à l'air terrible lui faisait face. Il se tourna vers le chirurgien, terrorisé.

— Qu'est-ce que ça veut dire ! Foutez-le dehors...

Le toubib, qui nettoyait les instruments, s'approcha doucement de lui, posa la main sur son épaule et l'obligea à regarder droit devant lui.

— Alors il faut que vous sortiez... Ce que vous avez devant vous s'appelle une glace, monsieur : ceci est votre reflet.

CHEVAL DESTROY

Je m'appelle Gérard Germain. J'ai presque cinquante ans et rien ne me distingue vraiment de la masse des employés qui sort de l'immeuble-miroir acquis par la STEHL Inc. à deux pas de l'Arche de la Défense. Je travaille au service des fournitures et j'alimente les bureaux en papier-machine, en crayons, en gommes, en agrafeuses. Les regards glissent sur moi et l'on peut croire que je suis un homme ordinaire.

Un observateur attentif aurait pourtant remarqué que j'ai emprunté non l'un des dix ascenseurs ultra-rapides mis à la disposition du personnel d'exécution, mais l'escalier de service, une sorte de colimaçon métallique enroulé autour de son axe de béton, dans lequel les pas résonnent comme dans un sous-marin vide. Je pratique de même le matin, et cela depuis cinq ans que l'entreprise a quitté ses bureaux de Pontoise après le rachat par Berker and Cie. Un trajet que l'on pourrait admettre venant d'un sportif, d'un claustrophobe, ou d'un employé modèle désireux d'éviter les attentes improductives devant les boutons clignotants.

Je n'appartiens à aucune de ces catégories même si j'ai de l'estime pour les deux premières. Non, si je m'impose cette essoufflante ascension quotidienne et matinale, ainsi que cette descente saccadée qui me tétanise les mollets et me brise les rotules, c'est dans l'unique but d'échapper à l'emprise de l'électronique sur mon existence. À la seule pensée de tous ces regards levés vers la sarabande des chiffres en cristaux liquides, de ces portes automatiques obéissant à un ordre invisible, une boule de nerfs se forme dans mon estomac.

Ce n'est pas toujours facile de mener cette résistance

solitaire, et pourtant elle occupe l'essentiel de mon temps libre depuis vingt ans.

Tout a commencé par le refus d'ouvrir un compte chèque, en 1969, quand mon salaire a franchi allégrement le cap des mille nouveaux francs... Une bataille de plusieurs mois pour obliger le service « paye » à me verser mon argent en liquide : le responsable a capitulé devant l'amoncellement des chèques non encaissés ! Un employé qui refusait sa paye... aucun texte ne prévoyait un tel cas de figure et aucune sanction ne pouvait m'être opposée. Tout au long de cette lutte j'ai fait le fier, même si, à la maison, on se nourrissait plus souvent qu'à notre tour de café et de tartines beurrées.

Pareil dans les transports en commun lorsqu'un adepte d'Orwell s'est mis en tête de régir la RATP par l'électronique en instituant l'usage du ticket à lecture magnétique. Ce n'est pas que je développe une nostalgie particulière pour les poinçonneurs du métro ou les receveurs des autobus... Il m'est fréquemment arrivé de maudire leur détachement, leur lenteur en voyant une rame s'élancer vers le tunnel ou en constatant que les places assises disparaissaient à vue d'œil et que j'étais bloqué sur la plate-forme arrière ! Je n'admets tout simplement pas qu'une intelligence mécanique ou électrique dispense les hommes d'un minimum de prise sur leur vie. Aujourd'hui encore il m'arrive de tourner des heures entières dans Paris avant de garer ma voiture. Pour rien au monde je ne descendrais dans un de ces parkings souterrains dont l'accès dépend d'une pression sur un bouton et d'un appareil qui crache son ticket comme une bouche immonde vous tirerait la langue. Sans même parler des yeux espions blottis dans les plafonds et dont les nerfs courent tout au long des couloirs pour aboutir dans des salles enfouies bourrées d'écrans.

Je vais jusqu'à dédaigner les machines horodatrices et ne consens à stationner que devant les antiques parcmètres qui fractionnent le temps de leur flèche rouge en échange de quelques pièces blanches. En vacances je m'impose des parcours surprenants afin d'éviter le moindre tronçon d'autoroute à péage. Je paye l'ensemble de mes impôts en liquide, au guichet (exceptionnellement au moyen d'un mandat-carte) en prenant soin d'omettre l'effroyable code personnel dont on m'a affublé sur l'avertissement : 255.47.3375.013.1988 ! L'employé, derrière sa vitre blindée, en est réduit à compulser le fichier manuel pendant un bon quart d'heure : il ne peut refuser mon argent au risque de ne jamais le revoir. J'ai calculé mentalement que si, un jour, j'étais imité par les vingt millions de contribuables français, cette seule négation du chiffre d'identification créerait plus de trois mille emplois dans l'administration des Impôts.

Au supermarché, en bas de chez moi, je fais mes courses un gros feutre noir à la main et je biffe les codes-barres des produits dont ma femme, Florence, emplit son caddie. Les gens du quartier me connaissent et dès que nous nous approchons d'une caisse, ils se précipitent tous sur les files d'attente attenantes. La caissière que nous avons élue lève les yeux aux néons et se prépare intellectuellement à son face-à-face avec le client-roi, les contrôleurs pigent la situation et se rassemblent à la réception du tapis roulant, prêts à courir dans les rayons à la recherche des prix masqués. Là encore, dans la distribution, je suis sûr qu'on pourrait créer des milliers de postes...

Ce soir, comme tous les autres soirs, je traverse la dalle de la Défense, contourne le Calder, longe la Seine avant le pont de Neuilly et récupère ma voiture garée dans une petite rue de Courbevoie, face à l'île de la Grande-Jatte. Il me faut moins d'une demi-heure pour rejoindre le quartier Pompidou à Villeneuve-la-Garenne. Nous habitons le premier étage d'un pavillon et nos fenêtres donnent sur les toits hérissés de barbelés des Chantiers navals franco-belges.

Un attroupement s'est formé devant le portail et la lumière bleutée d'un gyrophare tournoie au milieu des silhouettes. Je m'arrête, à cheval sur le trottoir, et m'approche des badauds alors que l'ambulance du Samu s'éloigne toutes sirènes hurlantes. Les locataires du rez-de-chaussée m'aperçoivent et viennent à ma rencontre, le visage défait. Je ne vois pas leur jeune fils à leurs côtés et j'ai soudain le pressentiment d'un immense malheur. Je pose mes mains sur les épaules de la femme, prêt à la consoler de mes mots inutiles. Elle ne me laisse pas le temps d'ouvrir la bouche.

— Ils l'ont emmenée à l'hôpital de Saint-Denis, à Delafontaine... Elle ne cessait de prononcer votre nom...

Mes doigts s'enfoncent dans la ouate des épaulettes de son manteau. Je me tourne vers son mari.

— Ils ont emmené qui? Je n'y comprends rien... Expliquez-moi!

Sa bouche s'étire et des fossettes se creusent au bas de ses joues. Il baisse le regard sur la pointe de ses chaussures.

— C'est arrivé il y a moins d'un quart d'heure... Un type qui roulait comme un dingue en venant des quais... Votre femme rentrait des courses au même moment... C'était pas beau à voir...

Il m'est impossible de réagir. J'ai du mal à respirer. Je remonte dans ma voiture et mes gestes s'enchaînent comme ceux d'un automate. Je traverse l'île puis Saint-Denis sans me soucier des feux rouges, des lignes blanches, des sens interdits, la paume écrasée sur la commande du klaxon. Ça se range en catastrophe à mon approche. J'ai l'impression de conduire dans un film, au travers de mes larmes. Je plante ma Renault sur une pelouse, devant le pavillon des urgences, malgré les cris d'un ambulancier. Florence est en salle d'opération et les assistants du chirurgien sont avares de confidences. Ils viennent se décontracter ou fument une cigarette près des ascenseurs. Je me ronge les ongles jusqu'à dix heures du soir pour apprendre qu'elle vient d'être transférée dans l'Unité de Soins Intensifs (USI) et que je ne pourrai la voir qu'au travers d'une vitre. Je ne contrôle plus le niveau de ma voix et c'est dans les yeux du toubib que je lis mes cris.

— Laissez-moi l'approcher...

— Nous ne pouvons pas, monsieur Germain. L'état de ses blessures exige qu'elle soit placée en champ stérile... C'est un miracle qu'elle vive encore...

Vers minuit, on m'autorise enfin à franchir le sas conduisant à l'USI. De lourds rideaux plombés sont tirés du côté gauche du couloir. Par les baies vitrées, à droite, on distingue le scintillement de Paris et l'autoroute du Nord qui éventre la Plaine-Saint-Denis. L'infirmière ouvre la porte d'un boîtier à l'aide d'une clef et commande l'ouverture de deux rideaux. Ils coulissent sans bruit sur leur rail lubrifié. Je baisse les paupières et pose mon front sur la glace tiède. Mes poumons s'emplissent de cet air clos chargé de relents médicamenteux. J'ouvre grands les yeux, à m'en faire mal. Florence est nue sur son lit, immobile, un drap blanc, immaculé, recouvre ses jambes et son bassin. Une multitude de tuyaux, de conduits, de fils, sont fichés dans son corps et maintenus à l'aide de sparadrap. Certains aboutissent à des bocaux, des perfusions, des récipients. D'autres, plus nombreux, convergent vers une batterie d'écrans posés sur une étagère. Je compte douze moniteurs télé qui dissèquent au moyen de courbes, de scintillements, d'échos le fonctionnement de ses organes. Une machine qui bat au rythme de la respiration humaine lui fournit de l'air.

Le reflet de l'infirmière se superpose à la scène.

— Vous ne pouvez rien pour elle, cette nuit... Rentrez chez vous. Nous vous préviendrons s'il arrive quoi que ce soit.

Elle a déjà posé son doigt sur la commande des rideaux. Je ne me retourne pas, m'adressant à son image.

— Je n'ai pas le droit de la laisser seule... Permettez-moi de rester ici quelques heures... Je ne gêne personne.

Elle referme le boîtier et m'accorde deux heures, jusqu'à l'arrivée de l'équipe de relève. Elle appuie sur l'interrupteur et je regarde Florence qui baigne dans la lueur irréelle des écrans. Les vitres tremblent au passage des camions qui montent vers Rungis ou descendent sur Garonor. Soudain la télé connectée à son cœur s'éclaire violemment, projetant sur la pièce une lumière blanche, aveuglante. Les onze autres moniteurs de contrôle sont touchés à leur tour. Je me jette sur la porte, essayant de faire jouer la serrure. En vain. Les écrans baissent d'intensité et une bombe, reproduite en douze exemplaires, s'incruste en leur centre. Les mèches courtes se consument en une poignée de secondes puis tout s'éteint. Les télés, l'appareil respiratoire.

Florence.

Le flic qui me fait face depuis trois heures a l'air de s'être échappé d'un film d'horreur dans lequel il jouerait le rôle du savant fou : cheveux dressés, comme électrisés, teint olivâtre, yeux globuleux... Il déroule un listing et tapote à l'endroit où s'inscrit mon nom. Sa voix a du mal à passer au travers des dépôts de goudron et de nicotine qui bétonnent son organisme.

— Je vais vous dire, je ne crois pas au hasard ! Ça fait vingt ans que vous faites la guerre aux ordinateurs, si tout ce qu'on me raconte là-dedans est vrai... Soyez beau joueur, monsieur Germain : vous nous dites ce que vous avez trafiqué sur les moniteurs de l'hôpital, on répare pour que cela ne se reproduise plus, et je vous promets que cette preuve de bonne volonté figurera dans votre dossier.

Je m'apprête à lui rabâcher pour la centième fois qu'aucun de mes doigts n'a jamais effleuré un clavier ou une télécommande quand son adjoint, un culturiste fatigué aux muscles enfouis sous la graisse, fait irruption dans le bureau.

— Commissaire... Il vient de se produire la même chose sur tout le système du Ministère...

— Quoi ? Quelle chose ?

L'autre déglutit. Ses épaules s'affaissent.

— Les bombes... Il n'y a plus que de la neige ! La neige partout, à la place des fichiers... Personne n'y comprend rien...

Le commissaire se lève en me jetant un regard terrifié. Je le suis dans les couloirs de la Cité, le malabar sur les talons. Tous les employés de nuit du service informatique sont debout, devant leurs pupitres inutiles. Le préfet de police est descendu en hâte de ses appartements. Sa joue droite garde encore la marque de l'oreiller. Le commissaire le salue puis me désigne discrètement d'un mouvement de menton. Le préfet hausse les épaules, doutant visiblement de ma responsabilité. Je m'approche alors qu'il chuchote quelques mots à l'oreille du commissaire qui cligne des yeux, chatouillé par le souffle.

— C'est autrement plus sérieux que cela... Toutes nos informations des fichiers « cartes grises », « Renseignements généraux », « circulation », « orsec » ont été réduites à néant au cours des quinze dernières minutes... Un virus qui frappe selon une logique totalement incompréhensible... C'est effroyable.

— À part l'hôpital de Saint-Denis et nous, d'autres sont touchés ?

Le préfet baisse encore le volume de sa voix.

— Ce n'est pas un hôpital, mais dix, cent ! L'ensemble des services de Santé du pays, les Impôts, les aéroports... Cette saloperie est partout...

En moins de trois jours le virus est venu à bout de la télévision, des journaux, des banques, de la distribution d'électricité, d'eau... Des dizaines de pays ont sombré dans le chaos et je me demande ce qu'il adviendra, ici, quand les stocks d'eau minérale et d'essence s'épuiseront.

J'ai revu le commissaire aux yeux fous pas plus tard que ce matin, à la maison. Il voulait savoir si un autre dessin s'était inscrit sur les écrans, juste avant les bombes. J'ai répondu :

— Non, je ne pense pas... Pourquoi ?

Il s'est gratté la tête, faisant tomber une pluie de pellicules sur le col de sa veste.

— Les plus grands spécialistes mondiaux d'informatique se relaient devant les écrans des systèmes encore en fonction. Ils guettent l'instant de mise en activité du virus... d'après leurs calculs, ce parasite a été diffusé à des millions d'exemplaires à travers le monde sous une forme totalement innocente, et cela depuis au moins trois ans...

J'ouvre une bouteille d'Évian et lui en verse un demi-verre qu'il boit à petites gorgées à la manière d'un alcool rare.

— J'ai bien peur de ne pas tout comprendre, commissaire.

— Vous n'avez jamais joué au Pac man, ces petits personnages qui se bouffent entre eux ? Non, bien sûr... Il y a trois ans une version porno inspirée de ce jeu a eu un succès considérable : Eat Miss. Un type en érection courait après des centaines de femmes et devait faire le score le plus élevé possible. C'est ce logiciel qui contenait le virus. Tout le monde s'amusait avec, à la maison, au bureau... Il a infecté des millions de systèmes... Jusqu'aux ordinateurs de la station orbitale Mir, quand les Soviets ont eu l'idée d'inviter un cosmonaute français !

Il se ressert un verre, d'autorité. Dès qu'il lâche la bouteille, je la remets dans le coffre.

— Si cela fait trois ans que le virus existe, comment se fait-il qu'il ait attendu aussi longtemps pour provoquer tout ce gâchis ?

Le commissaire se met à rouler des yeux.

— C'est comme pour la grippe ou le sida : le virus est là, en sommeil, inoffensif. Il lui suffit de recevoir un ordre pour entrer en action. Le type qui a conçu cette bombe plus meurtrière que l'arsenal réuni de toutes les puissances nucléaires de la planète a pu placer cet ordre à l'intérieur de n'importe quel programme. Du plus banal au plus compliqué. Il faudrait les analyser un par un. Ça demanderait des siècles alors que nous ne disposons que de quelques jours... On se tuera bientôt dans les rues pour une allumette...

Mon regard dérive sur le portrait de Florence accroché au-dessus de la cheminée. Je baisse les paupières pour retenir mes larmes.

— Est-ce que je suis vraiment le premier témoin au monde et Florence la première victime de cette catastrophe ?

— Oui, il n'y a malheureusement aucun doute là-dessus...

Je me dresse d'un bond.

— Dans ce cas, l'ordre de mise en activité du virus provient peut-être tout simplement de l'hôpital de Saint-Denis ! Réfléchissez...

Le commissaire se lève à son tour et me prend par le bras.

— Allons-y !

Les deux prix Nobel dépêchés en urgence à l'hôpital Delafontaine n'ont pas mis une heure à trouver le cheval de Troie, le cheval destroy, dissimulé au cœur d'un des listings de programmation. Les bombes qui avaient détruit Florence étaient apparues à 2 heures 57 minutes 38 secondes, le matin du 20 janvier 1989. Ils ont vérifié l'ensemble des données et se sont aperçus qu'à cet instant précis seule la liste du personnel avait évolué. L'ordinateur central traitait alors les données entrées tout au long de la journée et apportait une modification à l'état-civil d'une infirmière : « Remplacer Élodie Le Garric par Élodie Vanier. »

L'infirmière est en service; le commissaire la convoque immédiatement. Une jeune femme au regard bleu, au visage fatigué par les veilles. Elle éteint sa lampe torche et s'assied près des prix Nobel. Son histoire est simple. Elle vient de se marier, dix jours plus tôt, mettant ainsi un terme à un deuil de trois années. Son premier mari travaillait ici, au service informatique de l'hôpital... Un fou de la programmation, un obsédé du logiciel. Oui, elle se souvient, il lui avait fait promettre, sur son lit de mort, de ne jamais l'oublier, de ne jamais se remarier. De garder son nom, Le Garric, jusqu'à la fin des temps. C'est long, trois ans...

Elle se met à pleurer.

Je croise de temps en temps le commissaire. Il est aujourd'hui l'un des collaborateurs directs du ministre de l'Intérieur.

J'ai repris mon travail à la STEHL Inc., dans le quartier de la Défense. Tous les matins jc grimpe mes trente-cinq étages, imité en cela par la majorité de mes collègues. Je distribue les gommes, les crayons, les ramettes de papier, les agrafeuses et accroche parfois au revers de ma veste l'une des dizaines de médailles que m'ont décernées les plus prestigieuses universités de technologie de la planète pour ma contribution à la science.

Je m'appelle Gérard Germain.

ILS REVIENNENT

Accroupi, il gratte le sol avec ses ongles. Le vent disperse le sable sec qu'il projette en arrière, entre ses jambes nues. Il se rappelle l'endroit exact qu'il avait choisi, trente années plus tôt, près des racines du tamarinier, pour enterrer sa haine et la douleur des souvenirs. Soudain, le tissu rouge qu'elle portait jusqu'au dernier jour apparaît et bien que l'éclat en soit amoindri par le temps et la terre beige incrustée dans la trame, son cœur se met à battre si fort que tous les bruits de la plaine s'évanouissent. Il se balance longuement, audessus de la sépulture, les yeux fermés, puis ses doigts trouvent le courage d'exhumer le vêtement. Il doit pour cela creuser une tranchée peu profonde, d'environ un mètre cinquante de long et de la largeur d'une main. Il déplie la robe et le soleil scintille sur les clous d'argent incrustés dans la crosse du fusil.

Certains racontent aujourd'hui que Cémogo disparut d'un seul coup du village, comme par enchantement, mais ce n'est pas la vérité. Tous le regardèrent partir, le vieux fou, la poitrine barrée par la lanière de son antique pétoire, la robe de Fatumata nouée autour de la taille, et ceux qui ne riaient pas haussaient les épaules.

Il se met à marcher vers le nord, et ses pieds durcis, habitués à la piste, évitent les pierres effilées, les morceaux de ferraille dispersés autour de deux ou trois épaves de voitures aussi bien nettoyées qu'un squelette dans le désert. À la nuit, il fait une halte près de l'ancien village dont ne subsiste que le tracé des cases. On lui a raconté tant de fois le bruit d'orage des canons qu'il ne sait plus si ses oreilles de deux ans l'ont vraiment entendu.

La guerre mangeait alors les hommes par millions,

là-bas, dans un pays appelé Champagne. Le regard de celui qui revenait intact, avec ses deux bras et ses deux jambes, était comme vidé par la mort. Bukara, son père, Bakary et Marakala ses oncles, les pères et les oncles de tous les villages peuls, bambaras, dogons avaient refusé de perpétuer le martyre des ancêtres déportés en Amérique, aux Caraïbes. Ils s'étaient lancés à l'assaut des mitrailleuses du commandant Caillet en brandissant leurs lances, leurs poignards, leurs fusils de fortune.

Après la bataille, le Français accorda aux femmes et aux vieillards le droit d'ensevelir les cadavres qui jonchaient la colline. Ils les rendirent à la terre tandis que l'artillerie faisait voler en éclats les murs de banko.

Cémogo est réveillé très tôt par un vol de hérons. Il s'amuse à les mettre en joue et le bois arrondi du fusil retrouve sa place au creux de l'aisselle. Il reprend son chemin du même pas régulier que la veille et croise la piste d'In-Tellit. Il s'arrête au puits du village pour remplir sa gourde. Un camionneur allongé à l'ombre de son énorme Berliet jaune l'interpelle.

— Si tu vas à Gao, grand-père, c'est ton jour de chance... Je pars dans une heure, le temps de laisser souffler le moteur...

Cémogo ne lui répond pas et quitte la piste en obliquant vers l'est. Il lui faudra trois jours de marche solitaire pour atteindre la prairie d'Ansongo. C'est là, sous les palmiers Songhoï, que les survivants du massacre de N'Dako s'étaient réfugiés, le temps que les Français les autorisent à construire un nouveau village. Sa mère travaillait dans les champs de sorgho et, quand les champs ne réclamaient pas ses bras, elle faisait la cuisine des hommes qui construisaient la route, avec les autres femmes. Le chef de cercle et les surveillants, des Sorkos de Koukya, ne brutalisaient pas trop les paysans. Les Blancs, eux, ne se montraient qu'au moment de la récolte.

En juin 1936, Cémogo s'était marié avec Fatumata. Un demi-siècle plus tard il lui suffisait de promener ces quatre syllabes sur ses lèvres pour que le fantôme de son amour se dresse devant lui avec les yeux du ciel, les cheveux du fleuve, la langue du soleil, les seins du Hombori... Il s'était couché sur son ventre pendant trois mois d'éternité, jusqu'au jour où tous les hommes valides furent rassemblés sur la place. Un Blanc, assis devant une table, criait un à un les noms inscrits sur une liste et les faisait suivre du mot « armée » ou du mot « office ». Cémogo s'était retrouvé dans la file de gauche, celle qui regroupait les « office »... Ils avaient marché en ligne, pendant plus d'un mois, d'Ansongo à Mopti, chargés comme des bêtes de bidons d'eau, de mil, de poisson séché, abandonnant les morts au bord de la piste. À Mopti, dans la région des marigots, ils embarquèrent sur des pirogues qui les menèrent à Jamarabugu. Au camp ils se mêlèrent à des centaines d'autres « deuxièmes portions » et furent parqués dans des cases recouvertes de paille, disposées en arc de cercle devant le bâtiment des gardiens. Avant l'aube, le lendemain, les surveillants les habillèrent en « soldats de l'office », un pantalon de toile, un tricot, un bonnet, puis ils les conduisirent au chantier du pont, sur la rive du fleuve. Les projecteurs éclairaient cinq piles maçonnées sur lesquelles s'agitaient des dizaines d'hommes. Ils relevèrent l'équipe de nuit. En moins d'une heure chacun savait ce qui lui restait à faire au cours de ses trois années de service : piocher sans un mot en évitant le bâton des surveillants, les éboulements de terre et les fils électriques mortels posés à hauteur d'homme. Le tiers des requis d'Ansongo mourut avant la fin du premier hiver, le ventre gonflé par le mil mal pilé et le poisson infesté de vermine.

Cémogo se blessa volontairement au bras et profita d'une semaine d'inaction pour reprendre des forces. Il déserta le matin où on le ramenait au bagne et rejoignit Ansongo, après six mois de marche au travers du pays Mossi, pour apprendre la mort de Fatumata et de la fille minuscule qu'elle voulait donner à la lumière. La robe rouge de Fatumata ne le quitta plus pendant vingt années. Il la porta sous son boubou dans un sac attaché à sa taille. Le jour de l'Indépendance, il l'enterra enroulée autour de son fusil d'homme libre, près des racines du tamarinier.

Cémogo s'est arrêté devant la piste de Gao, près d'un panneau penché qui annonce Gargouna à vingt-huit kilomètres. Il se couche sur le sable, son fusil posé contre son corps, et s'endort.

Le bourdonnement, plus faible pourtant que celui d'une guêpe, le réveille alors que le soleil caché derrière la terre colore déjà le paysage. Cémogo se lève et se plante au milieu de la route. Un point tout d'abord, puis la moto grossit à l'horizon. Derrière, le soleil s'élève dans le ciel, auréolant d'or la silhouette mouvante et son sillage de poussière.

Cémogo la laisse s'approcher et dès qu'il parvient à lire les mots inscrits sur le casque, le ventre, les cuisses, les bras du motard, il cale son fusil contre son épaule, ajuste le tir. Son œil droit collé à l'acier déchiffre les lettres de VSD, Banania, Banque Rivaud, Unilever, Total...

La détonation couvre la vibration électrique du klaxon. La moto se met à zigzaguer et finit par se coucher en raclant le sol, près du panneau de Gargouna.

Cémogo s'agenouille à côté du cadavre. Une tache de sang s'élargit sur la combinaison du mort, obscurcissant les noms des sponsors. Il pose son fusil et ses mains agrippent les bords du casque. Il ferme les yeux en pensant à son père, Bukara, à Fatumata, à ses oncles Bakary et Marakala, à tous ceux qui ne revinrent jamais de Jamarabugu.

D'un geste brusque il arrache le heaume de plastique...

Il vient de tuer le premier leader africain du Paris-Dakar.

LA PAGE CORNÉE

Le sable me fait horreur.

Je n'ai jamais pu comprendre pourquoi des millions d'individus qui passent onze mois de leur vie à traquer la saleté dans leur appartement se précipitent, au premier jour du douzième, vers les paysages les plus poussiéreux qui soient. J'ai toujours pensé que cela avait à voir avec la mort, que cela tenait à la présence, au même endroit, de l'étendue liquide des origines et du fractionnement irrémédiable de l'éternité...

Normalement je devais m'installer pour l'été dans une vaste maison de famille, aux environs de Pons, mais tout était devenu compliqué au dernier moment. Une cousine que Karine, ma compagne, n'appréciait pas venait de perdre son mari, et le cercle des proches l'assistait dans son malheur en l'accueillant, tout juillet, dans l'ancien manoir des Monnards que mon arrière-grand-père avait acquis après l'Armistice. J'avais besoin de calme et de solitude afin de terminer la rédaction d'un ouvrage consacré à l'évolution des jeux radiophoniques et télévisés, du radio-crochet à La Roue de la fortune. Les conditions n'étaient plus réunies, et nous avions cherché un autre point de chute, en catastrophe. C'est Karine qui était tombée sur l'annonce, dans *Le Chasseur français* :

« *Particulier loue juillet, août, septembre, villa style années 1920, isolée en forêt. Tout confort. Cuisine, sdb, salle à manger, salon, 5 chambres. Panorama. Proximité des plages. Contacter M. Vidarte, 46 67 25 77 à La Rochelle, H.B.* »

Cette dernière précision m'avait arraché une grimace, mais Karine était emballée par la description pourtant sommaire des lieux, et nous avions pris rendez-vous sur place, avec le propriétaire, à la mi-juin. Nous étions descendus jusqu'à Royan sous des trombes d'eau et avions longé la Grande-Côte en guettant d'illusoires éclaircies. Après La Palmyre, la route filait vers la Pointe Espagnole en traversant ce qui subsistait de la Coubre. Les troncs noircis des pins maritimes alternaient avec des enclos où l'on reconstruisait la forêt. C'est dans ce paysage noyé, traité au fusain, que je vis le panneau indiquant notre destination : hameau de Garlac 1,8 km. Karine était d'avis de rebrousser chemin. Du revers de la main elle essuya la buée qui obscurcissait le pare-brise.

— C'est pas la peine de perdre notre temps... On va chercher ailleurs. Je comprends maintenant pourquoi il n'a pas réussi à la louer. C'est sinistre quand tout a brûlé...

J'avais quitté la départementale et pris la petite route de traverse. Soudain, cinq cents mètres plus loin, tout s'était brusquement inversé. Une langue de sable nichée entre deux collines avait arrêté la progression de l'incendie et la forêt vivait, intacte. Les nuages s'effilochaient au-dessus de l'océan et un rayon de soleil, réfléchi par la mer que l'on apercevait au travers du feuillage, nous obligea à plisser les yeux. La villa se dressait, solitaire, après le hameau. Deux ailes massives en pierre savonneuse rehaussées de poutres apparentes enserraient une sorte de tour carrée chapeautée par un toit pointu couvert d'ardoises. C'était une construction curieuse dont l'architecture empruntait tout à la fois à la chaumière normande, à l'orgueilleuse demeure bourgeoise de banlieue et à l'église de campagne. Je suivis une courte allée bordée de palmiers et me garai près de la voiture du propriétaire. J'attendis que Karine soit venue à bout de son fou rire pour le rejoindre sur le perron. C'était un septuagénaire fatigué. Il était complètement enveloppé dans un imperméable beige trop grand pour lui qui ne laissait échapper qu'un visage dont la rondeur était accentuée par une totale calvitie. Monsieur Vidarte nous fit entrer dans un hall qui ouvrait sur les pièces de service, rassemblées au rez-de-chaussée. Les murs étaient recouverts de gravures et de tableaux dont le plus récent datait de l'immédiat après-guerre. Les cloisons intérieures faisaient une large place au vitrail décoré de motifs floraux, style Arts déco. Un escalier courbe en bois verni desservait les étages. Les fenêtres de la plus grande des chambres, située dans la tour carrée, donnaient sur la mer et Karine nous l'attribua d'office. Elle distribua, par la pensée, les autres chambres aux enfants et réserva deux pièces aux amis qui ne manqueraient pas de nous rendre visite. Le soin apporté au choix des meubles, des tentures, le goût qui avait présidé à la décoration, tout concourait à créer l'illusion que vous y étiez pour quelque chose. Nos regards s'étaient croisés et nous avions décidé de louer la maison pour juillet bien avant que monsieur Vidarte nous conduise au sous-sol. Le garage pouvait abriter trois voitures. Il était prolongé d'un ancien atelier transformé en salle de jeux équipée d'une table de ping-pong et d'une cible pour fléchettes.

Toutes les ouvertures étaient protégées par des barreaux. Je m'approchai d'une porte fermée par une chaîne et un gros cadenas d'un modèle ancien.

— Et là, c'est quoi ?

Le propriétaire s'apprêtait à sortir. Il s'était retourné.

— La chaufferie... Vous n'en aurez pas besoin, je peux vous l'assurer. Au cours des cinquante dernières années, je ne me rappelle pas avoir chauffé cette maison plus tard que Pâques...

Comme nous nous y attendions, les deux garçons avaient adopté la villa dès le premier coup d'œil. La matinée ils jouaient dans la pinède. L'après-midi Karine les accompagnait jusqu'à une plage abritée de la Côte sauvage, par un chemin de sable encaissé dans la forêt. Pendant ce temps, seul, les fenêtres ouvertes sur l'océan, j'alignais les notices sur La Course d'escargots de Ded Rysel, Les Incollables d'Henri Kubnick, ou Avec quoi faisons-nous ce bruit de Jean-Marie Legrand alias Jean Nohain, alias Jaboune. Nous approvisionnions le frigidaire, tranquillement, en début de soirée dans les petites boutiques du port de La Tremblade. J'avais poussé une fois jusqu'à Royan mais nous étions tombés, ironie de la vie, sur le podium itinérant d'Europe 1. La ville était quadrillée par des voitures sono vantant les mérites d'une huile solaire sponsor du grand spectacle gratuit. Dans l'impossibilité d'échapper aux lamentations d'Herbert Léonard diffusées en continu par les haut-parleurs, nous avions trouvé refuge dans un supermarché, sur la route de Saintes.

Après manger, je me détendais en participant aux tournois de ping-pong, de fléchettes, de pétanque qu'organisaient les deux garçons. Une semaine de pratique quotidienne m'avait permis de renouer avec la science du lift, de l'amorti et du smash gagnant. J'étais beaucoup moins heureux avec les boules qu'avec les balles de celluloïd, et mon jeu désastreux qui désespérait mon partenaire nous avait conduits à supprimer les équipes pour nous battre chacun pour soi. Je lisais tard dans la nuit et j'avais épuisé en dix jours la pile de romans que Karine avait mis dans nos bagages. Par bonheur, j'avais découvert un stock de livres dans une armoire de la chambre d'ami. Il était composé pour l'essentiel d'éditions originales des années trente, certaines dédicacées. Giono voisinait avec Queneau, Cami avec Tristan Rémi, Nizan avec Romain Rolland. Je m'étais replongé avec émotion dans des lectures de jeunesse, *Le Grand Troupeau, Le Chiendent*... jusqu'à ce blocage inexplicable sur un petit volume de la NRF dédié à Jean Guéhenno. Je connaissais l'auteur, Eugène Dabit, sans l'avoir jamais lu, à cause du film tiré de son premier livre, *L'Hôtel du Nord*. Celui-ci s'intitulait *Faubourg de Paris* et racontait l'enfance de Dabit dans les quartiers nord-est de la capitale, au cours des années vingt. J'avais parcouru les cent quarante premières pages avec plaisir, mais je ne parvenais pas à poursuivre au-delà. Je revenais inlassablement à ce dernier paragraphe :

« Dans ma jeunesse, moi qui ne pouvais quitter Paris, j'étais sensible à ce langage des murs, aux messages des rues. Ces foules qui glissent presque sans bruit, j'en surprenais déjà les pleurs, les plaintes, les ricanements. Le malheur est là. Sur un fumier de pauvreté poussent des fleurs monstrueuses qui ne peuvent orner les jardins de l'esprit. Mais elles tirent d'une terre noire un suc sans mélange, elles étoufferont les plantes de serre... »

Le coin droit de la page 147 avait été corné par quelqu'un qui n'avait jamais plus soulevé ce triangle de papier. Je comprenais confusément que c'était cela, ce signe d'un inconnu, qui m'interdisait d'aller plus loin, et non le texte qui résistait.

C'est la veille du 14 juillet, en milieu de matinée, que je fus dérangé par un bruit de vitre cassée. « *Flé... chissez les genoux... Res... pirez... Re... levez la tête... Ex... pirez...* » J'interrompis la rédaction de l'article consacré à Robert Raynaud, le précurseur du gym-tonic et de l'aérobic, qui avait créé le Réveil matinal dès 1944. Je descendis l'escalier quatre à quatre pour me trouver dans le hall face à Marc, l'aîné.

— Qu'est-ce qui s'est passé ? Vous avez cassé quelque chose ?

Il baissa la tête, penaud.

— Je l'ai pas fait exprès, papa. On jouait au foot, entre les palmiers. C'étaient les buts... J'ai shooté trop fort et le ballon est passé à travers un carreau, à côté du garage...

Il me précéda afin de me montrer l'ampleur des dégâts. Par chance ils n'avaient pas brisé l'un des vitraux mais seulement un carreau du sous-sol. De l'extérieur les barreaux m'empêchaient de prendre les dimensions et la fenêtre n'était pas accessible par l'intérieur. Je pris la chaîne qui interdisait l'accès à cette partie de la maison entre mes mains, vérifiant les anneaux. L'un d'eux était légèrement ouvert. Je parvins à l'élargir suffisamment pour faire glisser un maillon et pousser la porte. Je m'aperçus alors que le sous-sol était plongé dans l'obscurité. Des tentures masquaient les fenêtres. Ma main se posa sur un interrupteur que j'abaissai. Une dizaine de lampes s'allumèrent aussitôt, projetant une lumière jaune orangé sur ce qui me sembla être un musée. Une tête de femme sculptée dans le bois et qui devait, des années plus tôt, naviguer à la proue d'un navire me regardait de ses yeux fixes. Tout le mur de droite disparaissait sous une exposition de longues photos sépia minutieusement encadrées. Sur chacune d'elles, un navire à l'amarre dans le même port, et l'équipage au grand complet souriant au photographe... Presque tous les hommes, marins et officiers, levaient le poing. Je reconnus Barcelone à la pointe de la Sagrada Familia, dans le lointain. Il y avait de petits bâtiments avec leur nom, dans un cartouche : le *Mostaganem*, l'*Espiguette*, le *Cassidaigne* et d'autres bateaux plus imposants comme le *Bougaroni*, le *Saint-Malo*, l'*Aïn-El-Turk* ou le *Winnipeg*. Le drapeau de la compagnie portait en plein cœur la lettre grecque *phi*, un I majuscule auréolé d'un O. On avait réservé le mur de gauche à une vingtaine de portraits disposés en étage comme on l'aurait fait pour un arbre généalogique. Tout en haut, un vieil homme au visage rond barré d'une moustache blanche dont les pointes rebiquaient : Joseph Frisch, président. Au-dessous, Pierre Allard, Auguste Dumay, Simon Posner, Charles Hilsum. Soudain j'eus l'impression d'avoir déjà vu l'homme d'une trentaine d'années qui occupait la place centrale. Il posait devant la villa, habillé avec élégance, la main sur le capot d'une énorme Hotchkiss. Je me penchai et frottai la poussière déposée sur le cadre pour connaître son identité : Émile Jansen. J'eus beau faire tourner ce nom dans ma tête, observer ce visage de près, plonger mon regard dans le sien, je ne parvins pas à recoller les morceaux. Je me dirigeai vers un meuble en marqueterie que son plateau, en basculant, transformait en secrétaire. Je délaissai les nombreuses lettres attachées par paquets au moyen d'un ruban rouge et portai mon dévolu sur un petit album photo. Émile Jansen figurait sur la centaine de clichés qu'il renfermait. On le voyait en compagnie de nombreux hommes politiques d'avant-guerre, Marx Dormoy, Gaston Cusin, Maurice Thorez, Jean Moulin, Venise Gosnat, Pierre Cot... Il ne se départait jamais de son allure de dandy, et bien que plusieurs photos fussent prises aux environs de la villa ou même sur le bord de mer, il ne se permettait jamais le moindre relâchement. Je tirai délicatement sur l'un des rubans rouges retenant une liasse. La rosette disparut comme par enchantement. Je dépliai une feuille épaisse, aux plis marqués par le temps. Une écriture nerveuse courait sur toute la page, pleins et déliés superbement dessinés.

CODE À TRANSMETTRE À MICHEL :
Fusils Lebel : Cramant
Mousquetons Lebel : Mercier
Cartouches : Bouchons
Fusil-mitrailleur : Lanson
Revolver à barillet : Cliquot
Pistolet automatique : Moët
Parabellum : Chandon
Mitraillette : Amiot
Mitrailleuses : Heidsieck
Mitrailleuse Saint-Étienne : Mumm
Canon de 37 mm : Duchesne
Obus de 38 mm : Royal Provence

J'étais en train de lire un second document intitulé BILAN quand Marc et Aurélien déboulèrent dans le sous-sol en criant. Ils s'arrêtèrent au seuil du « musée », impressionnés par la solennité qui se dégageait du lieu.

— Qu'est-ce qu'il y a ?

Ils n'eurent pas besoin d'ouvrir la bouche. Je compris ce qu'ils étaient venus me dire en voyant la silhouette du propriétaire, monsieur Vidarte. Je reposai la lettre, mort de honte, et relevai les yeux pour affronter la situation. La lumière se fit instantanément dans mon esprit.

— C'est donc vous, là, sur ces photos... Vous êtes Émile Jansen...

Il récupéra le bilan et se mit à le lire à voix haute, la voix tremblante d'émotion.

— 350 avions, 400 blindés, 200 000 fusils, 500 canons, 5 000 mitrailleuses, 6 000 mortiers, 12 000 fusils-mitrailleurs... C'est si loin, tout ça...

Il referma le secrétaire, fit jouer le mécanisme. Je reposai ma question.

— C'est vous ?

— Non, cette histoire ne m'appartient qu'à moitié... Émile Jansen, puisque c'est sous ce nom qu'il est mort, était mon frère.

Je reculai jusqu'à la porte.

— Pardonnez-moi, je ne suis entré que dans l'intention de réparer le carreau cassé par les enfants... Je ne savais rien...

Il s'assit dans un fauteuil, sous les photos de bateaux.

— Ça n'a plus d'importance. Rien n'a plus d'importance aujourd'hui... Seul son prénom est le vrai, son nom c'était Vidarte, comme moi... Vous voyez le symbole sur les drapeaux ?

— Oui, c'est la lettre *phi*...

Il se mit à rire.

— Bon Dieu, ça marche encore ! En fait c'est un I et un O mêlés... IO, pour Internationale Ouvrière. Vous vous demandez ce que ça vient faire dans une villa de millionnaire ? C'est simple. En 1937, à vingt-trois ans, mon frère était l'adjoint de Charles Tillon, un des dirigeants du Parti communiste français. Bien que nous soyons issus d'une famille d'ouvriers il n'avait pas le fameux genre « prolo », la casquette vissée sur la tête, non... Il a toujours eu cette prestance, et c'est son allure qui a conduit le Parti à le choisir quand il a été question de créer une compagnie de navigation. Les troupes d'élite de Hitler et de Mussolini combattaient aux côtés de Franco, alors que les Républicains étaient abandonnés de tous... C'est l'Internationale qui a décidé d'acheter ces bâtiments pour ravitailler l'armée républicaine en armes et en munitions. La flotte était composée des navires affichés sur ce mur, les hommes qui dirigeaient la compagnie sont là et le bilan que vous lisiez, c'est le résultat de trois années d'activité... Presque tout venait de Mourmansk, en URSS, enfin à l'époque ça s'appelait comme ça, Union des républiques socialistes soviétiques... Une partie de l'administration française couvrait le trafic, mais il était nécessaire de traiter toutes sortes d'affaires directement : verser des commissions, s'assurer de silences... C'est à cela que servait mon frère... Il avait racheté cette villa avec l'argent de l'Internationale. Il vivait comme un prince, pour donner le change. Les ministres et les secrétaires d'État faisaient des pieds et des mains pour être invités ici...

Il se leva et marcha vers le jardin. Je refermai la porte, pinçai l'anneau de la chaîne avant de le rejoindre.

— C'est une histoire incroyable. Je retrouve dans ce que vous dites tous les ingrédients du roman-feuilleton...

Il haussa les épaules pour dire : « Peut-être », et entra dans la maison. Le livre d'Eugène Dabit était posé sur le guéridon, dans le hall. Il le prit entre ses mains, comme un objet sacré, et l'ouvrit à la page cornée. Il respira profondément pour retenir les larmes qui lui gonflaient les paupières.

— Il n'a pas voulu fuir quand les nazis ont occupé le pays... Il dirigeait un réseau, en sous-main... Ils sont remontés jusqu'à lui en avril 43. Ils ont tout fait pour lui faire avouer son vrai nom... Il a tenu jusqu'au bout. Ils étaient là, tout autour, avec leurs chiens... On entendait ses cris jusqu'à la plage. Ils nous ont battus jusqu'à l'évanouissement, mais personne n'a parlé. Je me souviendrai jusqu'à mon dernier souffle de la matinée du 25 avril... Il faisait beau, comme aujourd'hui, un temps d'été. Ils l'ont sorti de ce sous-sol pour le traîner jusqu'au réverbère que vous voyez là-bas... Il les a forcés à s'arrêter en passant devant nous. Il a tiré ce livre de sa poche, et il me l'a tendu en me disant : « Surtout, ne perds pas la page, j'ai pas fini. »

CONFIDENCES

Ce n'est pas que nous soyons amis mais, comme on dit, le courant passe. Au début, cela ressemblait aux relations un peu figées qu'entretiennent deux types qui se sont rencontrés au cours d'une soirée, présentés par des amis communs. On fait échange de banalités, on ne sait pas où mettre ses mains, on finit par boire un peu trop et ça excuse les silences... Il s'appelait Andréas Waslsaw et son nom figurait sur une plaque discrète dans le hall de son immeuble, près des boîtes aux lettres. On ne se voyait que chez lui, dans sa bibliothèque. Il tirait les doubles rideaux, ne laissant pénétrer qu'un filet de lumière qui coupait les rayonnages, et nous discutions de tout, de rien, dans la pénombre. Comme son nom le laissait supposer, il parlait avec un accent qui effaçait les consonnes gutturales et insistait musicalement sur les linguales. Quand j'arrivais, le mardi après-midi, il me fallait m'annoncer à la concierge qui décrochait son téléphone mural.

— Monsieur Docton est en bas. Puis-je le faire monter?

Elle adoptait chaque fois un ton de soubrette de cinéma qui cadrait mal avec son physique de catcheuse fatiguée.

Je trouvais toujours sa porte entrouverte et accrochais mon manteau à la patère qui se reflétait dans la glace horizontale de l'entrée. J'en profitais pour me passer un coup de peigne dans les cheveux et vérifier mon allure. Waslsaw m'accueillait invariablement dans le salon et m'offrait du thé que nous buvions en échangeant nos impressions sur nos lectures ou sur les spectacles que nous avions vus l'un et l'autre au cours de la semaine précédente. Je ne manquais jamais plus d'évoquer le plaisir que je prenais aux courses de chevaux depuis que j'avais remarqué le léger agacement que ce sujet provoquait chez lui. Cela m'avait surpris, au début, mais maintenant il s'y attendait et mon intérêt s'émoussait au fur et à mesure qu'il dominait ses réactions... Je me retenais donc le plus possible et plaçais mon attaque lorsque Andréas s'apprêtait à se lever pour passer dans la bibliothèque.

— Je suis allé à Longchamp dimanche. Il faisait un temps idéal. J'ai eu un coup de cœur pour une pouliche de trois ans... Vous l'auriez vue sortir du pesage ! Elle était irrésistible... Je l'ai jouée gagnant sec tout en sachant qu'elle allait brûler ses forces avant la dernière ligne droite... On ne peut pas être plus joueur que ça : miser sans marge de sécurité alors que l'on sait pertinemment que l'on va perdre ! Rassurez-vous, c'est le genre de cheval à suivre : elle me rendra mon argent et les intérêts sous peu...

Son mouvement pour s'arracher au fauteuil s'était interrompu une fraction de seconde, les mains en appui sur les accoudoirs, les talons soulevés, mais le visage était demeuré impassible. Tout se passait à l'intérieur.

Il se déplia et m'invita à entrer dans la bibliothèque. Je m'installai sur la banquette en lisant machinalement les titres gravés au fer sur les tranches courbes des reliures. Andréas Waslsaw s'assit près du guéridon et repoussa le vase en le faisant glisser sans bruit sur la marqueterie. Il remonta ses lunettes sur son nez et posa son index droit sur sa lèvre inférieure.

— Vous possédiez vous-même un cheval à une époque, si je me souviens bien...

Il n'avait aucun mérite, je m'entendais encore lui racontant l'histoire le mardi d'avant. Le poulain m'avait été offert pour mes quinze ans et je l'avais baptisé en versant le fond de ma coupe de champagne sur son crin. C'était l'année des B : j'avais ouvert le dictionnaire au hasard des mots en B et pointé mon doigt sur la seconde colonne de gauche :

Bakchich : *n.m.*, mot persan désignant un pourboire, quelquefois un pot-de-vin.

— Drôle de nom pour un cadeau... avait dit ma mère, contrariée.

En fin d'après-midi, mon père m'avait aidé à seller Bakchich pour une première promenade.

— Ne le pousse pas trop, il manque encore de résistance...

On moissonnait et il me fallait me contenter du trot rapide sur les chemins menant aux champs. Le poulain en voulait et répondait à la moindre pression de mes genoux sur ses flancs. Je le retenais pour obéir aux recommandations de mon père, mais je me sentais davantage en accord avec la jeunesse de l'animal... Nous nous sommes retrouvés près des ruines du moulin de Forges alors que le soleil commençait à décliner. La venelle ondulait au creux de la vallée. Des dizaines de moissonneuses traçaient leur sillage sur les pentes douces des collines et les cris des paysans montaient jusqu'à moi. Je voulus reprendre le chemin de la maison mais une procession de charrettes chargées de foin m'en dissuada. Je décidai de rentrer par les bois des Étangs. Andréas en était resté là de mes confidences. Je ne lui avais pas dit le galop insensé au travers des châtaigniers, le bruit du vent, les branches qui me cinglaient le visage et la chute après que le cheval se fut pris une jambe dans une souche... J'avais roulé sur une pierre et fini ma course contre un talus, groggy mais indemne. Bakchich gisait sur le flanc à dix mètres de moi. Je me levai et me dirigeai vers lui en titubant. Il soufflait tout ce qu'il savait et ouvrait la gueule, les lèvres retroussées, me montrant les dents dès que j'apparus dans son champ de vision. Sa jambe avant gauche faisait un angle droit à hauteur du genou, le canon brisé net. Il se mit à gémir quand je m'agenouillai près de lui, une plainte aiguë qui me bouleversa. Je ne sais combien de temps je restai à le caresser, à pleurer en regardant ses yeux affolés... La nuit tombait alors que je pénétrai dans la salle commune. Mon père se jeta au-devant de moi.

— Où étais-tu passé ? Ça fait des heures que nous te cherchons. Tes oncles sont encore dehors à interroger les paysans des alentours !

Je me précipitai dans ses bras en éclatant en sanglots.

— J'ai perdu Bakchich... J'ai perdu Bakchich...

Rien d'autre ne sortait : des larmes de mes yeux et cette seule phrase de mes lèvres.

On me fit asseoir. Mes parents, ma sœur et les amis invités à la fête faisaient cercle autour de moi. Mon père tira un tabouret à lui et le glissa sous ses jambes écartées.

— Comment ça, tu as perdu ton cheval... Explique-toi !

Je m'essuyai le visage du revers de la manche puis me mouchai.

— Je suis allé jusqu'au moulin de Forges... À hauteur des silos de maïs je suis descendu de cheval pour cueillir des mûres. À un moment un tracteur est passé sur le chemin et il a dû lui faire peur... Il s'est enfui...

— Tu ne l'avais pas attaché par la bride ?

Quelques larmes coulèrent encore sur mes joues.

— Non, j'ai oublié... Il s'est mis à galoper vers le bois des Étangs... J'ai couru en criant. Je l'ai vu entrer dans le bois par la grande allée et il a disparu... Je l'ai cherché longtemps avant de rentrer...

On m'abreuva de chocolat chaud, de gâteaux tandis que deux voitures partaient pour les Étangs. Je feignis une intense fatigue et ma mère m'autorisa à gagner ma chambre. Je me déshabillai et, réfugié sous les draps, j'attendis, anxieux, le retour des adultes. Minuit venait de sonner au clocher de Frainville quand les pneus des voitures crissèrent sur le gravier de l'esplanade. J'entendis mon père remercier tous ceux qui l'avaient accompagné puis, tout de suite, ce furent des éclats de voix dans la salle du bas.

— Où s'est-il caché ?

— Ne crie pas, je t'en prie... Il est exténué et je lui ai dit d'aller se coucher. Vous n'avez pas retrouvé le cheval ?

Les marches de l'escalier craquèrent sous son poids.

— Il a fallu l'abattre. Il l'a abandonné dans une clairière avec une jambe brisée... Tu sais ce que ça peut représenter de tirer une cartouche derrière la tête d'un cheval ? On a l'impression de tuer un homme...

— Attends demain pour lui parler. Tu es sous le coup de la colère...

La rampe grinça et ma porte s'ouvrit violemment. Je remontai le drap sur mes yeux.

— Sors de là... Sors de ton lit immédiatement et arrête de jouer la comédie. Tu n'as pas plus envie de dormir que moi. Ton cheval s'est sauvé près du roncier, c'est bien ça ?

À cet instant précis, je me suis mis à pleurer.

Andréas n'a pas bougé, il a simplement baissé la voix.

— Pourquoi êtes-vous si triste ?

J'ai posé mon front sur l'accoudoir de la banquette et mes larmes ont taché le cuir.

— Il m'a éjecté du lit par l'épaule, et m'a traîné sur le palier... Ma mère était en bas ; elle lui criait de ne pas me faire de mal... Il a levé la cravache, celle que j'avais oubliée près de Bakchich et qui prouvait que j'étais bien là, près du cheval, quand il s'était cassé la jambe... Je me suis débattu en hurlant de terreur. Il essayait de me fouetter... J'ai commencé à le mordre, à lui donner des coups de pied... Il a lâché prise et à travers mes larmes je l'ai poussé... Il a roulé dans l'escalier, rien que le bruit de son corps qui rebondissait sur les marches. Ma mère s'est précipitée vers lui mais il n'y avait plus rien à faire... La police nous a crus, pour l'accident... Tout le monde avait beaucoup bu pour mes quinze ans...

Je décollai mon front du cuir humide et collant. Andréas Waslsaw me regardait fixement d'un air que je ne lui connaissais pas, entre la surprise et le dégoût... Je réalisai soudain l'énormité de l'aveu et le pouvoir que je venais de lui octroyer. Ma main se referma sur le cou de la statuette.

Il essaya de fuir vers le salon mais la porte s'ouvrait en tirant... Je le frappai dix, quinze fois et le socle lui défonça le crâne. J'effaçai mes empreintes, renversai quelques tiroirs et descendis dans le hall sans éveiller l'attention de la concierge. Près des boîtes aux lettres une jeune femme levait la tête vers la plaque de cuivre :

ANDRÉAS WASLSAW
Psychanalyste
(sur rendez-vous)

JANVIER 1977

Jean-Pierre attendit que les enfants disparaissent dans le creux qui menait au village. Il se déshabilla devant la glace et, nu, traversa le patio. Le vent éparpillait quelques lambeaux de l'affiche jaune apposée la veille par l'employé de mairie. Il vida le congélateur, empilant les boîtes étanches et les sacs plastique dans la baignoire. Il remonta de la cave une bouteille de butane et la fit basculer avec peine dans le bac du congélateur. Un soleil timide effilochait la brume, découvrant la cheminée inutile des Textiles vosgiens. Jean-Pierre enjamba la paroi du congélateur et s'allongea dans le fond. La peau de son dos adhéra au plastique. Il tendit la main pour faire retomber le couvercle, puis, à tâtons dans l'obscurité, desserra lentement la molette de la bouteille de gaz.

Qu'avais-je à porter le feu dans ce palais à l'air conditionné où l'on n'entendait ni la rumeur du monde ni le bruit de la rue ?

FÉVRIER 1978

Il se tenait accoudé à la rambarde métallique, une cigarette aux lèvres. Son casque lui mangeait la moitié du front. Le pont-roulant glissait sur ses rails, forcé puis freiné par le balancement de la charge. Il en stoppa la course d'une pression du pouce sur la télécommande. Le chariot bascula, libérant deux cents kilos d'acier en fusion. Il sentit la barrière lui écraser le ventre, l'appel des pieds, comme à la piscine le dimanche matin. Il se raccrocha à la commande, le fil se tendit, rompit. L'acier comme un cercueil liquide.

La puissance d'un pas dépendra moins, demain, de ressources naturelles et de richesses financières que de matière grise.

MARS 1979

Gisèle aligna sur le lit les plus jolis vêtements de sa fille. Elle ferma les volets et rabattit le drap de lit en triangle, sur le côté. Florence trottinait à quatre pattes dans l'appartement vide. Elle essaya de se mettre debout contre le mur en apercevant sa mère. Gisèle la souleva jusqu'à son visage et l'embrassa, une dizaine de baisers brefs qui firent rire la gamine aux éclats. Elle prit la casserole d'eau qui bouillait sur le camping-gaz et en versa le contenu dans la grande cuvette en plastique remplie d'eau froide. Florence entra dans le bain tiède, barbotant au milieu de ses jouets. Les yeux clos, Gisèle posa sa main sur le crâne de sa fille et lui maintint le visage sous l'eau. Elle la sécha, l'habilla comme pour un dimanche, et se coucha à ses côtés.

La misère naît de la misère, comme s'il était fatal que deux milliards d'êtres humains descendent les marches de l'enfer.

AVRIL 1980

Édith tournait sur la piste minuscule, les cuisses ouvertes, écartant les lèvres de son sexe devant les lumières allumées, puis elle pressait ses seins l'un contre l'autre, marchait à quatre pattes, les reins cambrés, les fesses offertes. Toutes les deux heures une femme de ménage nettoyait les cabines, ramassait les kleenex, astiquait les sièges. Un jour la glace avait explosé à coups de marteau. Édith avait juste eu le temps de reconnaître son père avant que la masse ne lui défonce le crâne.

Toutes les familles politiques françaises font de l'éducation et de la formation leur priorité : cette unité de vues me remplit d'espoir.

MAI 1981

Marc entama une grève de la faim quand il fut clair qu'on ne voulait rien sauver de l'usine où il avait passé sa vie. Il s'enchaîna au pied de sa machine, trois semaines sans bouger, dans le bruit du travail qui l'isolait. Sa conscience solitaire s'est balancée, bien des mois plus tard, au bout d'une corde.

L'espace social a franchi tous les degrés de l'honorabilité, s'il n'a pas encore franchi le premier degré de la réalité. Il est là. On ne peut plus l'ignorer.

JUIN 1982

Yannick emprunta la voiture de son frère et mit vingt francs d'essence. Il contourna la ville par la rocade et pointa le nez de la Renault 5 droit sur l'avenue partageant la zone industrielle. Il poussa la quatrième à fond, faisant hurler la mécanique. Chacun des noms surplombant les façades lui rappelait une lettre de refus. Il écrasa l'accélérateur du plus fort qu'il put, à l'approche du virage, et ne tenta même pas d'agir sur le volant. La façade de l'ANPE vola en éclats et la Renault explosa sur le mur réservé aux petites annonces.

La société française s'est réveillée trop tard. Sortie de sa torpeur, elle bouge ou veut bouger. Se pose alors cette question : que faire ?

JUILLET 1983

Michel fit la tournée des copains et emprunta, après une semaine de palabres et de promesses honteuses, assez pour acheter une carabine 22 long riflc au Carrefour situé en bout de ville. Il s'habilla de couleurs vives, maquilla son visage à la manière d'un chef indien et se rendit en mobylette dans le quartier de la mairie. Il se posta derrière une camionnette et ajusta son tir dix centimètres à droite de la guérite occupée par un flic dont il ne distinguait que le profil surmonté d'une casquette à visière. Il appuya sur la détente et la pierre s'effrita instantanément. Le flic se mit à gueuler et à faire jouer son automatique. Michel se cassa en deux et chargea le commissariat en tiraillant au hasard. La rafale le cueillit alors qu'il atteignait la ligne blanche départageant la chaussée.

L'actualité est ainsi faite, qui attire et fixe notre attention sur des événements que l'on croit éphémères ou nés de circonstances, alors qu'ils viennent du fond de notre société.

AOÛT 1984

Il prit six sucres et, à l'aide d'un feutre, traça un trait noir au milieu de leur surface, les séparant en deux carrés égaux. Puis avec une pointe de colle, il les décora de cachets de Valium et de Témesta. La télé muette renvoyait des images tranquilles d'hommes souriants. Il avala le premier sucre avec Ockrent, le second avec Jacques Vabre, le troisième devant une présentatrice non sous-titrée, le quatrième avec Victor Lanoux, le cinquième en compagnie d'un Polac flou... Il n'eut pas la force d'ingurgiter le double-six qui resta sur la table, devant Joseph Poli, avant que la neige anéantisse son esprit.

La conquête de l'avenir ne peut qu'être le fruit d'un élan national, toutes forces confondues.

SEPTEMBRE 1985

Elle se munit d'une couverture, d'une boîte de gâteaux qui traînait dans le placard et emmitoufla son gamin dans une veste trop grande récupérée lors d'une distribution du Secours catholique. Elle s'installa gare du Nord, près de la tête de station des taxis. Des pièces jaunes tombaient de temps en temps près du carton griffonné à la hâte. Trois clochards la sommèrent de déguerpir, une heure plus tard, ulcérés de se voir disputer leur territoire.

Il est temps que la Bourse redevienne le lieu où l'épargne s'investit pour créer et bâtir, et que cesse de triompher une économie de spéculation à courte vue.

OCTOBRE 1986

La ville avait perdu la moitié de ses habitants depuis la fermeture des hauts fourneaux. La rue principale alignait une théorie de boutiques fermées et les rideaux de fer s'ornaient d'affichettes immobilières, comme des faire-part colorés. Pietro entassa ce qu'il pouvait dans la remorque de sa Peugeot et, les larmes aux yeux, mit le cap sur l'Italie de ses ancêtres. L'onde de choc de l'explosion le rattrapa alors qu'il dépassait les limites de Thionville. Personne dans la voiture ne se retourna. La poussière anéantissait leur vie avant échéance.

Ce n'est pas en vendant sa maison, ses meubles et son chien pour aller en villégiature qu'un ménage arrondit son bien.

NOVEMBRE 1987

Le journaliste bâillait à l'arrière de la 205 après une journée de reportage passée dans les locaux de l'identité judiciaire. L'inspecteur qui le ramenait à son point de départ se prenait pour un flic de formule 1, ignorant les feux, annulant les lignes blanches, inventant le dépassement en troisième file. Le journaliste s'essuya les yeux et se pencha vers le conducteur.

— Je ne suis pas si pressé...

L'inspecteur brancha la sirène.

— Moi si ! Dans cette putain de ville, il y a trois cent soixante-cinq troquets arabes... On s'en fait un par jour sur le coup de quatre heures... J'en loupe pas un, ça décontracte.

J'aimerais que les naturalisés de l'année fussent reçus comme pour une fête, de façon solennelle et joyeuse, par le maire et dans sa mairie, là où ils résident. On respirerait mieux en France.

DÉCEMBRE 1988

— Cela fait combien de temps que vous êtes TUC chez nous ?

Christian ne parvient pas à desserrer les dents. La réponse fuse, brève, entre ses lèvres.

— Un an.

L'homme se lève et se tourne vers la fenêtre.

— Votre travail nous donne toute satisfaction. Malheureusement notre société ne peut alourdir ses effectifs actuellement. J'espère de tout cœur...

Le plus difficile est dit. Il relève la tête après s'être composé un air de circonstance. Christian a déjà saisi le cutter qui traînait sur le bureau et le lui plante dans la gorge. Le sang gicle sur les murs, les mains... L'homme s'effondre sans un cri, dans un gargouillement indécent. Christian s'ouvre les veines, à l'intérieur des coudes, pour ne pas en réchapper.

Je ne rêve pas, mes chers compatriotes, d'une société idéale.

Didier Daeninckx
François Mitterrand

Je m'assis au bord de l'eau, les jambes ballantes, et posai mon sandwich à peine entamé sur les pierres inégales. Une mouette passa en planant, comme alertée de mon manque d'appétit, et je suivis son reflet rapide sur le miroir immobile. Le pain émietté que je lançai à la surface l'attira. J'observai un moment le repas silencieux de l'oiseau. Puis, je me levai et traversai la grande écluse, une sorte de long pont couvert, jeté entre les rives de l'Ill. Le couloir, sombre, était rythmé de cellules aux lourdes grilles emprisonnant les statues blessées de la cathédrale, comme cet ange ailé à tête de vache hilare. J'achetai le journal à un ambulant adossé à la tour-pissotière du Quartier-Blanc. L'incendie ne faisait pas la une, juste deux petites colonnes en page 6 : « Incendie rue de l'Arc-en-Ciel, un mort. » L'identité de la victime ne figurait pas dans le compte rendu. Le rédacteur anonyme avait poussé la discrétion jusqu'à ignorer ma présence sur place au moment du drame.

Mes sourcils grillés disaient le contraire. À bien réfléchir, c'est lui qui était dans le vrai : je n'avais aucune raison de me trouver rue de l'Arc-en-Ciel, à Strasbourg, en cette nuit d'octobre ! En toute bonne logique j'aurais dû être en train de fignoler cet article sur le phalanstère de Godin, bien au chaud, à Paris... Mais c'était sans compter sur le vent de folie qui souffle, à intervalles réguliers, sur ce maudit canard ! Principalement le dimanche soir.

— Jean-Pierre, il faut que tu files à Strasbourg...

Le rédacteur en chef se tenait devant moi. Il avait soigné la mise en scène : col de chemise ouvert, manches relevées, cravate desserrée, l'air traqué, avec cette sueur perlée qu'authentifie l'angoisse. Je levai les yeux de ma doc sur Guise, le stylo suspendu, au milieu d'un mot.

— Qu'est-ce que tu veux que j'aille foutre à Strasbourg ?

Il accentua le tragique de son masque.

— Je suis coincé... Et pourtant on est sur un coup. Ils viennent de mettre au jour des fresques d'Arp et Van Doesburg, dans les salons Ricard...

Je balançai mon stylo sur le bureau.

— Tu te trompes d'adresse ! Va voir Philippe ou Alain, c'est leur rubrique. Lascaux, c'est pas mon rayon !

— Tu n'es pas drôle. Ils rament sur l'inauguration de l'hôtel Salé. Tout Picasso à réviser. Je ne peux pas les freiner : leur article conditionne un bon paquet de pubs des galeries. Tu fais l'aller et retour. En plus, une journée à Strasbourg, c'est pas la mort, la ville n'est pas mal. Et question bouffe...

Le souvenir de ses émois gustatifs lui mit les larmes aux yeux. J'acceptai.

À peine arrivé, je filai aux salons Ricard, place Kléber, et tombai sur le message de la plaque de cuivre : « Fermé le lundi. » J'étais bon pour rester une journée supplémentaire. Le service doc du journal n'avait pas été capable de me fournir la moindre photo de ces fichues fresques.

Je devais me contenter de la photocopie d'une notice biographique de Hans Arp, « peintre-dessinateur-sculpteur-poète, né en 1886 à Strasbourg », qui faisait allusion aux peintures murales de l'Aubette. D'après le document, un mécène avait, en 1926, fait appel à Arp et à Van Doesburg, un architecte compagnon de Mondrian, pour réaliser l'architecture et l'aménagement intérieurs d'un vaste complexe de loisirs comprenant salle de cinéma, night-club, salons, bar, billards, salle d'exposition. Le résultat constituait le plus grand ensemble d'art abstrait au monde. L'Europe entière y défila de 1927 à 1939, puis l'Allemagne seule. À la Libération, plus rien ! La disparition de l'œuvre commune du peintre-sculpteur et de l'architecte fut attribuée à l'armée d'occupation dans sa lutte contre l'art dégénéré.

L'été indien épargnait la ville : les passants se réchauffaient auprès des locomotives en réduction aux fourneaux grilleurs de marrons. Je sacrifiai au rite et remontai la rue des Grandes-Arcades en me brûlant les doigts.

Le musée d'Art moderne occupait une partie des locaux de l'ancienne douane. Je me mis à la recherche de la section consacrée à Hans Arp. En vain : on venait de la placer en réserve pour faire place à une exposition Duchamp ! Le conservateur me tendit un dépliant.

— Désolé, mais on ne la remet en place qu'en janvier prochain. Allez donc voir à la Galerie alsacienne, l'adresse est sur ce prospectus, ils possèdent également quelques documents sur l'Aubette.

Je retournai vers la place du Château par les rues piétonnières en finissant mes marrons. La cathédrale se hérissait de tubulures métalliques sur lesquelles s'affairaient des silhouettes d'ouvriers. De place en place, la façade retrouvait le rose de ses origines.

Le recoin Arp de la Galerie alsacienne recelait deux sculptures, quelques dessins et un plan du salon de l'Aubette, le *Five o'clock,* accompagné de photos en noir et blanc de certaines fresques. De vastes compositions qu'on imaginait colorées recouvraient les parois des salles aux volumes dégagés. Les zones peintes quittaient les murs pour gagner les sols, les plafonds, les escaliers, les cloisons, les radiateurs, tout concourait à l'équilibre général. J'essayai de prendre des clichés des panneaux d'exposition, mais sans illusions sur le résultat. Quand je revins dans le hall, un attroupement s'était formé près du guichet. La caissière, une grosse femme à lunettes au visage doux, posa son regard sur moi et me questionna en alsacien.

Je soulevai les épaules, l'air contrit, puis :

— Est-ce que vous avez un catalogue sur les fresques de l'Aubette ?

Je lus de la surprise sur ses traits. Une surprise désolée.

— Il y avait la plaquette sur Van Doesburg, mais elle est épuisée. Montez à la bibliothèque, au-dessus, ils pourront au moins vous la faire voir.

La bibliothécaire accusait trente ans et trente kilos de moins que sa collègue. Une archiviste comme on les rêve, fine, blonde, aimable. Et ce fut avec un charme amollissant qu'elle m'annonça :

— Le fonds est en cours d'informatisation. Les dix dernières années d'acquisition sont dans des cartons. Il y a près de cinquante mille volumes en vrac. Vous êtes de Paris ?

Je fis signe que oui.

— Vous n'aurez aucun mal à trouver ce catalogue à la Bibliothèque nationale.

Elle mouilla ses lèvres de la pointe de la langue ; j'avalai son conseil sans broncher. Sa voix m'arrêta sur le seuil.

— J'essaierai de regarder s'il y a quelque chose de disponible. Passez un coup de fil demain matin. Demandez-moi, je m'appelle Annie.

Quand je sortis, on s'apprêtait à fermer le musée. La nuit tombait. Des brumes effilochées montaient de l'Ill, enveloppant les piles du pont Sainte-Madeleine. Je m'engouffrai dans une brasserie, près de la place Gutenberg et, bloqué devant une chope de Grüber, je tentai de réfléchir à ma journée perdue. Peu après vingt heures, quatre stagiaires du Centre régional de perfectionnement, des employés de la BNP, comme me l'apprit leur conversation, s'installèrent à ma table. Ils se firent servir de la tête de veau et ingurgitèrent leur gélatine en lorgnant ma choucroute. Les néons de l'UGC interrompirent mon retour vers l'hôtel. Le corps offert de Rampling et la caresse cravatée de Serrault... Mais le film ne tenait pas les perverses promesses de l'affiche.

La sortie du cinéma se faisait par l'arrière du bâtiment et je me perdis dans un dédale de rues qui m'étaient toutes inconnues. Les rares passants que je croisais hâtaient le pas, engoncés dans leurs vêtements de demi-saison, aussi fermés que des maisons. Je décidai de filer droit devant jusqu'à l'eau, limite de la vieille ville, mais bientôt la balade, comme une remontée dans le temps, n'eut plus besoin d'objet. La ligne d'itinéraire se brisa sur une enseigne, une place de rue, un nom évocateur... Le hasard des enchaînements me conduisit rue de l'Arc-en-Ciel, que je descendis au sortir de la rue des Pucelles. C'était une voie étroite, courbe, alternant les époques. Une résidence récente occupait l'angle, sur laquelle s'adossait une vieille bâtisse décrépie aux volets écaillés. Un minuscule jardin en friche précédait un escalier à la rambarde rouillée. Je ne savais pourquoi cette maison captait mon attention. La tristesse qui s'en dégageait ? Ce sentiment d'abandon ? Un mouvement que je crus percevoir derrière les rideaux de l'étage ? Toujours est-il que je m'abritai sous un porche voisin, dans l'ombre des pierres. Je demeurai là un quart d'heure, les yeux fixés sur la façade grise tandis que le froid m'envahissait. Soudain, la porte du perron s'entrouvrit. Plusieurs minutes s'écoulèrent sans que rien d'autre se produise. Je m'apprêtais à quitter mon abri quand la porte joua à nouveau. La silhouette cassée d'un vieil homme aux aguets apparut. Il descendit l'escalier, étouffant le bruit de ses pas, et traversa le jardinet. Il fit quelques mètres sur le trottoir puis s'arrêta devant le rideau baissé d'un restaurant. Je le vis plonger les bras dans les poubelles, sa tête comme un périscope affolé au-dessus des immondices. Il regagna son antre en trottinant, serrant contre sa poitrine quelques restes indéfinissables. La porte se referma en silence. La scène n'avait pas excédé la minute, et j'étais prêt à penser l'avoir rêvée si un pilon de poulet auquel adhérait encore un peu de chair n'avait craqué sous ma chaussure quand je dépassai cette étrange demeure.

Les salons Ricard ouvraient au public à dix heures. Une jeune Indienne au front tatoué passait l'aspirateur sur la moquette de l'escalier. Au premier, derrière le bar, un type d'une trentaine d'années, petit, les épaules étroites, s'occupait à classer les verres par tailles. Les murs recouverts d'une toile de jute crème accueillaient une exposition d'œuvres d'artistes locaux : tableaux de feuilles, métal repoussé, broderies... Je m'accoudai au bar.

— On ne sert rien à cette heure-là. Pas avant onze heures.

— Je ne suis pas venu pour boire... Je fais un reportage sur les fresques de l'Aubette. Vous savez où elles se trouvent ?

Il pointa un doigt vers le fond de la salle où pendaient une série de tapisseries aux harmonies criardes.

— Il y en a là, c'est sûr, et dans tout le reste de la pièce !

J'écarquillai les yeux.

— Vous n'allez pas me dire que ce sont ces merdes qui m'ont fait courir jusqu'ici ?

— C'est pas terrible, c'est ce que je pense aussi. Les fresques sont derrière la toile de jute : on a fait des sondages dans ce coin, pour des travaux d'électricité, et les ouvriers sont tombés sur les fresques. Il y a une cloison qui les protège.

Je m'approchai du mur et soulevai une tapisserie. Un raccord grossier dans la toile signalait l'emplacement du sondage.

— Si je comprends bien, les Allemands n'ont pas été aussi barbares qu'on le prétend. Ils se sont contentés de planquer les peintures.

Le barman me rejoignit.

— Même pas ! Ils n'y sont pour rien : quand ils sont arrivés en 1940, le travail de Hans Arp était déjà invisible. Les propriétaires de l'Aubette avaient revendu leur affaire en 1938 et leurs successeurs n'appréciaient pas trop l'art moderne. Ce sont eux qui ont fait poser les doubles cloisons.

Le patriote qui sommeillait en lui fut quitte quand il ajouta :

— C'est sûrement ce qui les a sauvées, ces fresques : je suis certain que s'ils les avaient vues, les Allemands n'en auraient rien laissé !

Il retourna derrière son bar et reprit ses alignements de vaisselle.

— Je peux jeter un coup d'œil derrière la toile ? Juste pour me faire une idée ?

— Impossible, tout est rebouché. On attend une équipe du ministère de la Culture. À tout hasard, faites un tour à côté, chez Flunch, ils ont hérité d'une partie des salles et des sous-sols. C'était là qu'étaient les boîtes de nuit.

La jeune Indienne rembobinait ses rallonges quand je quittai les salons Ricard. Le restaurant Flunch occupait l'ensemble du rez-de-chaussée de l'aile droite de l'Aubette. Au guichet, la serveuse débitait ses plateaux de petits déjeuners. Je lui exposai ma demande, hachurée par les commandes de crèmes, de chocolats, d'express. Elle appela « quelqu'un de la direction » qui me pilota à travers des salles de stockage, des recoins humides, des réserves à poubelles. Ce « quelqu'un » stoppa entre deux piliers noircis.

— Voilà, c'est au fond, sur le mur.

— Il y a de la lumière ?

Son index appuya à plusieurs reprises sur un interrupteur déglingué.

— Non. En plus, ça doit venir du circuit.

Je me décidai à traverser la pièce au sol encombré de pierres, de morceaux de bois, de papiers, à la lueur d'un briquet. La « fresque » se résumait à un demi-mètre carré de papier d'emballage collé à même la paroi sur lequel un décorateur d'inspiration régionale avait dessiné quelques personnages traditionnels. C'était là l'idée qu'on se faisait, chez Flunch, du travail de Hans Arp !

— Vous avez trouvé ?

Je me contentai de hocher la tête. Un cuisinier nous croisa sur le chemin du retour.

— C'est pour les fresques ?

— Oui, pourquoi ?

Il haussa les épaules.

— Il n'y a plus rien ici. Tout a brûlé il y a au moins vingt ans !

Il me restait encore à fouiller les fichiers des bibliothèques. Je fis une halte à la Fringale, un fast-food aux productions adaptées à la gastronomie alsacienne, et commandai un beignet. La proposition de la fille de la galerie me revint en mémoire. Je me bloquai dans une cabine de la place Kléber pour composer le numéro du musée.

— Pourriez-vous me passer Annie ?

J'eus droit à quelques mesures de Mozart, interrompues par la voix de l'archiviste.

— Oui ?

— Je suis venu hier, à propos des peintures de l'Aubette...

— Vous avez de la chance, j'ai trouvé des documents qui devraient vous intéresser.

Je l'entendis remuer ses papiers, ouvrir un tiroir.

— ... Voilà, le décor a été reconstitué en 1955, à la cité universitaire de Caracas, au Venezuela. J'ai un dossier avec des photos. Ça vous va ?

Je lui promis de faire un tour dans l'après-midi avant de raccrocher, vaguement déçu. Je commençais à me lasser sérieusement de ces fresques invisibles dont tout le monde, ici, semblait se foutre.

Mon hôtel se trouvait à deux pas, rue du 22-Novembre ; je fus tenté d'y passer prendre mes affaires pour rejoindre Paris. Je ne sais lequel des prétextes me retint : ce rendez-vous avec la blonde du musée ou cette vision furtive de la nuit précédente.

La plongée dans les rayonnages municipaux m'apprit peu de chose : le nom des mécènes de l'Aubette, les frères Horn. Un couple entreprenant dont Strasbourg portait déjà la marque. C'était eux qui avaient fait percer la rue qui abritait mon sommeil provisoire. Ils lui donnèrent le nom de 22-Novembre pour commémorer l'effondrement du Soviet de Strasbourg, en 1918, à l'arrivée des régiments bretons !

Je bus une bière dans un café étudiant. L'alcool produisit lentement son effet ; pour dissiper l'engourdissement qui gagnait mes muscles, je me mis à marcher au hasard des rues. Je ne fus pas surpris, un moment, de reconnaître les façades de la rue des Juifs. Je bifurquai à droite, vers la place Saint-Étienne, et récupérai la rue de l'Arc-en-Ciel. Quelques passants se pressaient vers les restaurants groupés plus haut, avant le carrefour. La maison abandonnée conservait le même aspect sinistre et touchant à la fois. Je remarquai, en m'approchant, l'éventail net que faisait la porte mal ajustée en raclant la poussière du perron.

Un couple sortit de la résidence voisine. La femme portait un minuscule chien sous son bras. La tête de l'animal se perdait dans la fourrure du manteau. Je les abordai en désignant la bâtisse grisâtre.

— Pardon, pouvez-vous me dire qui habite ici ?

L'homme marqua le pas. Il leva la tête sur la façade.

— Pas grand monde, en tout cas. Nous venons d'emménager. Demandez plutôt au café qui fait l'angle : ils vivent dans le quartier depuis toujours !

Il y avait du poussin rôti au menu. Je m'attablai et mangeai, guettant le moment favorable pour provoquer les confidences du patron. L'occasion se présenta, comme d'habitude, quand il vint se pencher au-dessus de ma table pour établir l'addition.

— Vous habitez depuis longtemps dans le coin, à ce qu'on dit ?

— Ceux qui racontent ça ne valent peut-être pas grand-chose, mais ce ne sont pas des menteurs : je suis né dans cette maison il y a cinquante-cinq ans et je ne l'ai jamais quittée ! Ça vous fait soixante-trois francs avec le café.

Il me tendit la note.

— Vous devez connaître le grand-père qui dort dans la maison grise, plus haut.

Il fronça les sourcils et agita la tête.

— Vous parlez de la baraque à moitié en ruine ?

J'approuvai en silence.

— Il n'y a jamais eu de grand-père là-dedans ! C'est vide depuis six mois que la mère Kagen a cassé sa pipe...

— Vous êtes sûr ?

— Autant qu'on peut l'être ! Elle vivait seule depuis la guerre. Une drôle de bonne femme, grincheuse, renfermée comme pas une ! Il faut dire qu'elle avait perdu son mari toute jeune. Quarante ans sans homme, les nerfs doivent en prendre un sacré coup.

Il fixa son regard sur le mien tandis que je posais un billet près de la note.

— ... Qu'est-ce que vous cherchez, au juste ?

J'eus la désagréable impression qu'il me prenait tout

à coup pour un chercheur d'occases, envoyé par une agence immobilière.

— Rien. J'avais cru apercevoir un vieux bonhomme qui sortait de cette maison en se cachant comme un voleur.

Il retourna près du bar préparer la monnaie. Je le suivis.

— C'est sûrement un clochard qui a dégoté la bonne adresse. Il y en a de plus en plus dans la ville : il faut bien qu'ils s'abritent dès que ça recommence à piquer !

De retour à l'hôtel, j'appelai le journal. Le rédacteur en chef se mit à m'engueuler.

— Qu'est-ce que tu fous ? Tu pourrais donner signe de vie. J'ai besoin de ton papier demain soir. On l'a annoncé. Tu en es où ?

— Nulle part ! Les fresques sont barricadées, les musées ont placé les restes en réserve et la doc est en vrac : ils s'amusent à informatiser les fichiers ! Quant à la bibliothèque, on a accès aux seuls rayonnages : le magasin est en cours de réorganisation. Sinon, j'ai une piste sérieuse pour un remake de l'aménagement à Caracas. J'ai le feu vert ?

— Si tu as des économies, je ne te retiens pas ! Mais avant, fais un crochet par le canard pour livrer vingt feuillets. D'accord ?

Je m'allongeai sur le lit, un bloc dans la main, et attaquai mon article : « Un chef-d'œuvre de l'art moderne. » Un titre bateau que je rayai pour oser : « La chapelle Sixtine de l'art moderne. » Qui finit également sous les ratures. Quand la nuit se mit à tomber, je n'avais rien biffé d'autre. Ni rien écrit de plus. Je venais simplement de louper mon rendez-vous avec la jeune blonde de la Galerie alsacienne !

Je me fis livrer un repas dans la chambre et l'avalai mécaniquement en regardant un programme allemand à la télé. Dehors, les brumes de l'Ill envahissaient peu à peu les rues, obscurcissant les silhouettes. J'attendis qu'il soit onze heures et demie pour sortir. Je traversai la ville sans me hâter. La maison grise produisit en moi la même impression de désolation mêlée de nostalgie que la veille. Je repris mon poste d'observation dans l'encoignure d'un porche. Je ne discernai pas le moindre mouvement pendant la première heure que je passai, immobile, à détailler dans mon corps les progrès de l'engourdissement. Je faillis m'endormir mais le raclement saccadé de la porte sur le ciment mit mes sens en éveil. Le vieillard se tenait sur le seuil, les jambes fléchies, les bras pliés, le dos voûté. Sa tête balaya le champ visuel, puis il fila vers les poubelles du restaurant. Je profitai de sa course pour traverser la rue, grimper les marches du perron. Je tirai la porte et pénétrai dans une salle sombre où flottait une forte odeur de matières en décomposition.

Je m'apprêtais à avancer quand la porte se referma. Je me retournai brusquement. Le vieillard me faisait face : une peur identique à celle qui faisait battre ma poitrine se lisait sur son visage. Il demeura figé quelques secondes et s'élança vers l'escalier situé à gauche de la pièce en hurlant.

— Non, vous ne m'aurez pas. Jamais... Jamais...

Je me ruai à sa poursuite. Les marches de l'escalier étaient jonchées d'ordures, d'excréments, sur lesquels mes pieds glissaient. Je l'entendis s'agiter dans les pièces du dessus en vociférant.

— Je ne vous veux pas de mal... Je viens en ami.

J'étais parvenu sur le palier. Un long couloir sur lequel donnaient quatre portes aboutissait à un second escalier, plus étroit, qui menait au grenier. Je ramassai un journal, le débarrassai des immondices qui y adhéraient et le roulai en torche. Le papier, humide, s'alluma difficilement en lançant de courtes flammes bleues et vertes. Je progressai vers l'accès du grenier, tenant mon flambeau de fortune à hauteur de mes yeux. Alors que je passais devant la quatrième porte, le forcené surgit derrière moi. Les ombres mouvantes que dessinait le frémissement des flammes le rendaient hideux. Fasciné par l'éclat de son regard, je ne remarquai pas la baïonnette qu'il tenait à deux mains. Il se mit à crier, un hurlement sans signification, en chargeant, son arme pointée sur ma poitrine. Je l'évitai de justesse, mais le choc de son épaule me fit lâcher ma torche. Il revenait déjà à l'assaut. Je dévalai l'escalier pour lui échapper et me retrouvai sur le trottoir, hors d'haleine. Le vieux ne m'avait pas suivi. Je repris mon souffle, appuyé à la façade de la résidence. Un passant m'interpella.

— Hé, il y a le feu là-haut !

Je levai la tête. Les fenêtres du premier étage renvoyaient des lueurs rougeâtres et la fumée se frayait un chemin entre les tuiles.

— Appelez vite les pompiers. Il y a du monde dans cette maison !

Je m'élançai vers la bâtisse et rentrai à nouveau dans la salle du bas. Le feu avait avalé l'odeur putride. Je me dirigeai vers l'escalier. Les dernières marches étaient déjà la proie des flammes. La chaleur dégagée par le brasier m'obligea à reculer. Les pompiers parvinrent à maîtriser l'incendie avant qu'il ne gagne le rez-de-chaussée. Ils retrouvèrent le cadavre calciné du vieillard dont les mains de cendres durcies emprisonnaient le manche d'une baïonnette. Grâce aux papiers conservés dans les meubles de la salle à manger, les policiers établirent qu'il s'agissait très certainement du corps de Roger Kagen, mari de la fausse veuve décédée six mois plus tôt. Comme cent trente-deux mille Alsaciens, il avait été enrôlé de force dans la Wehrmacht, en 1942. Comme des milliers d'entre eux, on l'avait affecté à un régiment SS. Quelques dizaines s'étaient trouvés dans la division Das Reich et le destin de Roger Kagen s'était scellé à Oradour-sur-Glane, le 10 juin 1944, devant une église en flammes.

Depuis son retour clandestin, quarante ans plus tôt, il avait vécu en reclus dans sa maison de la rue de l'Arc-en-Ciel, au cœur de Strasbourg ; seule la mort de sa compagne l'avait obligé à retourner dans le monde des vivants.

Le journaliste de *L'Alsace libérée* affecté aux faits divers attendit que le gars de l'antenne de secours ait fini d'examiner mes brûlures. Il m'entraîna à part.

— On m'a dit que vous étiez un journaliste parisien.

(Il fit un signe de tête vers la maison fumante.) C'est pas très joli, tout ça... Et ici on ne pense pas vraiment qu'il fallait remuer toute cette merde une fois de plus...

Je frottai mes sourcils pour me débarrasser des poils roussis. Je me sentais très vieux.

— Vous faites ce que vous voulez. C'est votre territoire ! Ça va peut-être vous surprendre, mais je suis ici pour l'Aubette. Et rien que pour ça.

Il écarquilla les yeux, doutant vraisemblablement de l'intégrité de mes facultés.

Je repliai le journal, jetai un dernier coup d'œil aux mouettes qui volaient au-dessus de la Petite-France et rejoignis la gare. Dans le train qui m'emmenait vers Paris, je ressortis mon bloc et je relus, sous les ratures, mes essais de titres.

Soudain, j'arrachai la feuille, puis, de ma plus belle écriture, je traçai les lettres du titre idéal : « Le fantôme de l'Arc-en-Ciel. »

LES RÉVOLUTIONS DANS LA RÉVOLUTION

Igor venait de Tbilissi où il avait joué en équipe première, au milieu des années soixante. Il aimait chanter sous son casque et l'alcool lui manquait. La photo de sa femme et de ses gosses, plastifiée, était collée au-dessus de sa couchette. Ce fut lui qui mourut le premier. Tout au long de son agonie Vladimir se tint prostré, dans le coin opposé. Il ne réussissait pas à se faire à l'idée d'avoir à vivre avec un cadavre jusqu'à ce qu'ils aient trouvé le moyen de nous faire redescendre.

De temps en temps le corps d'Igor montait au plafond. Vladimir se roulait en boule et poussait des hurlements quand la baudruche le frôlait. J'essayai de lui donner des calmants mais il fit voler le tube que je lui tendais. J'arrimai du mieux que je pus le cadavre aux poignées du sas et la ronde infernale se poursuivit à raison d'une révolution chaque heure et demie.

Au matin du 12 avril, je fus le seul à battre le record de vol en orbite : deux cent vingt-cinq jours ! Vladimir s'était pendu au cours de la nuit précédente et il flottait au bout de sa ceinture quand je m'étais réveillé. Je l'attachai près d'Igor dont le scaphandre gonflait sous l'effet des gaz.

Tous les appareils fonctionnaient normalement dans le vaisseau, à part les différents systèmes de contact avec la Terre. Impossible d'émettre le moindre signal, la moindre image. Il me restait assez de vivres, d'eau, pour tenir une année entière et je ne rationnais que l'air des bouteilles des scaphandriers autonomes, un air qui me permettait d'échapper, dix minutes par jour, à l'intolérable odeur de décomposition qui emplissait l'habitacle.

J'inscrivais les jours un à un, au feutre, sur la paroi près du hublot.

Le 14 mai, au cours de ma 4112e révolution, l'ordinateur central se remit en marche. J'enclenchai aussitôt le processus d'atterrissage automatique et je sentis que le vaisseau obéissait au programme électronique. Je me mis à hurler comme un loup blessé et me jetai en pleurant sur les dépouilles de mes deux compagnons.

Les parachutes s'ouvrirent au moment prévu et le Soyouz se planta dans les sables de Kara-Koum. Déjà des hélicoptères tournoyaient dans le ciel. On tira la porte du sas. Les cadavres putréfiés s'affaissèrent comme des pantins désarticulés. Un toubib, le visage dissimulé par un masque à gaz, vint me chercher au fond de mon antre. On me plaça sur une civière puis, de là, sous un arbre. Une équipe de télé installait ses caméras tandis qu'un médecin m'auscultait. Le reporter baissa son micro près de mes lèvres et je rassemblai tout ce qu'il me restait de force pour crier : « Vive Staljnev ! », provoquant dans tout mon comité d'accueil plus de stupeur encore que n'en avait causé la mort d'Igor aux yeux de Vladimir.

Le lendemain l'annonce de mon retour sur Terre occupa trois lignes en page 12 de la *Pravda* qui consacrait sa une au premier grand discours de destaljnévisation du tout nouveau secrétaire général, Michni Gorbapov.

L'HOMME-TRONC

Il sortit du porche qui faisait pratiquement face au Caveau de la Huchette. Des photos de Memphis Slim gondolaient derrière les vitres des présentoirs. La rue n'allait pas mieux : elle se tordait en tous sens comme un serpent à l'attaque.

Le soleil l'obligea à fermer les yeux. Il dut s'appuyer au mur pour ne pas tomber. Ça chavirait tout autant à l'intérieur... Il respira lentement, profondément. Son cœur s'apaisa et l'écœurement qui lui pesait sur l'estomac s'estompa un peu. Il se remit en marche, la tête baissée, les épaules voûtées, jusqu'à la rue Saint-Jacques, puis il tourna à droite pour rejoindre la Taverne. Il s'apprêtait à traverser quand un type lui posa la main sur l'épaule.

— Où tu vas, le clodo ?

La voix n'était pas amicale. Il leva les yeux. Un flic casqué, le regard cerné par des lunettes de protection, lui faisait face.

— Je vais boire un coup... C'est interdit ?

L'autre le repoussa violemment en arrière. Il chancela et tomba lourdement sur le trottoir. Les passants l'évitèrent en silence. Au lieu de se relever, s'aidant des mains et des talons, il glissa jusqu'au mur auquel il s'adossa. Les flics s'étaient déployés tout le long de la rue et bloquaient également le pont d'accès à l'île de la Cité. La terrasse de la Taverne était déserte et il distingua les silhouettes des serveurs désœuvrés. Une rumeur enfla, plus haut, vers la Sorbonne. Une masse sombre se forma au milieu de la chaussée. Les policiers se regroupèrent et un gradé lança l'ordre de l'attaque. Il attendit qu'ils aient dépassé le carrefour du boulevard Saint-Germain pour se relever et trottiner vers la

Taverne. Il s'installa dans la salle du fond, près du juke-box, à l'une des tables que servait Jean-Mi. Le garçon s'approcha et essuya la table, machinalement.

— Qu'est-ce que tu veux? C'est vraiment pas le moment...

Il emprisonna sous la sienne la main qui agitait la serpillière. Ses lèvres bougèrent à peine.

— Le moment, c'est moi qui en décide!

Jean-Mi tenta de se dégager.

— Lâche-moi... Tu vois bien que c'est bourré de flics... Ça craint sérieusement...

— J'en ai absolument besoin... J'ai le fric sur moi. Apporte un café et on se rejoint aux chiottes, comme d'habitude.

Il but son café, tandis que la salle se remplissait d'étudiants, de passants inquiets qui fuyaient les incidents. Il vit Jean-Mi poser son plateau derrière le bar et il se leva. Un type gueulait dans le taxiphone bloqué sous l'escalier. Le serveur se colla à la faïence et se débraguetta. Lui fit semblant de se laver les mains, regardant le serveur dans la glace.

— Alors, Jean-Mi, on fait des manières?

— D'où tu sors, Alain? Depuis une semaine le quartier est en état de siège... Il y a plus de flics entre Saint-Michel et Odéon que de touristes au pied de la tour Eiffel! Plus personne n'a rien, c'est trop risqué...

Alain ouvrit son vieux manteau d'hiver, fouilla dans la doublure déchirée et tira une poche en papier marron avec des fruits imprimés en vert.

— Vingt sacs... Tu vas pas cracher dessus!

Jean-Mi écrasa de la paume le bouton chromé de la pissotière. Il haussa les épaules tandis que l'eau gargouillait.

— Même si tu en trouves, faudra mettre au bout : j'ai entendu dire qu'on ne vendait pas à moins de quatre cents balles la dose... Et c'était hier...

Ce soir-là, quand les crampes se firent trop précises, Alain essaya de les amadouer au cognac. Il avait trouvé refuge depuis près de quinze jours sur le plateau Beaubourg, dans un ancien hôtel de passe récupéré par les clodos de Saint-Merri. La piaule donnait sur l'immense place défoncée qui servait de parking aux commerçants qui venaient s'approvisionner aux Halles. Avant de s'abrutir, il planqua ses derniers billets dans son slip. L'alcool vint à bout de ses nerfs au petit matin. Le lendemain, en fin de journée, il obtint le téléphone d'un dealer qui soldait de la dope dans le secteur du Luxembourg. Il remonta le boulevard Saint-Michel, marchant au milieu de la chaussée, entre les tas de pavés arrachés, les arbres abattus et les carcasses calcinées de voitures. Le fourgue mangeait un hamburger seul à la table la plus proche de l'entrée du Wimpy. Alain vint s'asseoir à sa gauche, comme prévu. Il agita la salière posée devant lui.

— Tu as l'assaisonnement ?

Le gars ramassa une rondelle d'oignon qui venait de tomber sur le formica.

— Éclaire d'abord... Je largue pas à moins de trois cent cinquante... Après, si tout est en ordre, on ira chercher la marchandise.

Alain fit claquer la salière sur la table.

— T'es malade ou quoi ? C'est de l'arnaque...

— Si tu as envie, vraiment envie, tu y mettras le prix ! Je suis un des seuls à en avoir encore un peu... Dépêche-toi !

Le dimanche 12 mai 1968 fut l'un des jours les plus pénibles de sa vie. Il le passa dans le gourbi de la rue Saint-Martin à s'engourdir l'esprit à l'alcool et au Valium. Il émergea le lundi après-midi et battit la semelle autour de la Taverne et du Wimpy sans rencontrer personne. Il était sur le pont Saint-Michel quand la tête de la manifestation venue de République noircit le boulevard du Palais. Une voiture-sono prit position à hauteur de la Sainte-Chapelle et le conducteur attendit le premier rang des manifestants pour brancher les haut-parleurs.

« En hommage à nos camarades qui se sont fait descendre sur les barricades, nous vous demandons de défiler sans bruit sur le boulevard Saint-Michel. »

Les vagues silencieuses se succédèrent pendant des

heures, envahissant le quartier Latin. Alain les regardait passer sans trop comprendre. Soudain, une fille aux cheveux bouclés se planta devant lui et lui sourit. Il la fixa, incrédule. Il entendit seulement alors le bruit des pièces, et son regard s'abaissa sur le tronc qu'elle secouait au bout de son bras. Il lut le papier collé sur la boîte cylindrique :

« Pour les victimes des violences policières. »

Il plongea la main dans sa poche, reconnut sous son ongle le bord dentelé d'une pièce de un franc et la glissa dans la fente. La jeune fille le remercia et sollicita un à un tous les badauds. Chacun y allait de sa pièce. Il en vit même certains qui n'hésitaient pas à enfourner un billet dans la boîte...

Le mardi matin, Alain consacra ses ultimes ressources à l'achat d'un tronc qu'un vendeur obséquieux emballa comme s'il s'agissait du cadeau d'un pauvre à son curé. Le routard hollandais qui s'était imposé dans sa chambre la nuit précédente avait repris la route et Alain calligraphia son message avec soin :

« Aidez les étudiants blessés. »

Le 15 mai au matin il ratissa les alentours de la Sorbonne occupée sans rencontrer le succès espéré. Les rares passants généreux abandonnaient leur pièce à regret, souvent soupçonneux. Il n'y eut pas un seul billet. À midi, Alain se présentait à l'Armée du salut, rue de Rome. Après la douche et le coiffeur, une femme en uniforme l'accompagna jusqu'au bas du minuscule escalier de pierre. Elle le fit entrer dans un vestiaire qui puait la naphtaline et lui chargea les bras de vêtements pliés au carré. Il hérita d'un jean, et d'un chandail qui le rajeunit de dix ans... L'après-midi, sur le Boulmich, il faisait un tabac... Pendant les deux semaines qui suivirent, on le voyait partout. Il était avec les piquets de grève des gares occupées, près des bouches de métro, dans les queues des stations-service à sec... Il recevait partout le même accueil enthousiaste. Il ne sortait jamais plus sans son tronc, emballé dans un sac plastique, qu'il exhibait à la première manif rencontrée, au premier attroupement. Le soir, dans la piaule dévastée de l'ancien claque, il bloquait les pièces par dix ou vingt suivant la couleur et les roulait dans des bandes de papier découpées dans *Le Parisien libéré*.

Il fit un de ses meilleurs scores le 18 mai quand les étudiants descendirent en cortège sur Billancourt. Par contre Charléty fut un bide, de son point de vue.

Le fourgue du Wimpy n'acceptait pas la monnaie et il lui fallait courir à travers tout Paris pour dénicher un guichet de banque sur lequel ne flottait pas le drapeau rouge... À la fin du mois, après la manifestation CGT Bastille-Saint-Lazare qui lui avait rapporté sept cent cinquante-huit francs, il prit un verre à la terrasse de la Taverne. Jean-Mi vint le saluer.

— Tu cherches toujours ?

Alain baissa les paupières pour signifier sa réponse. Le barman poursuivit :

— Tu vois le type, là-bas...

Il fit un mouvement imperceptible en direction d'un gars qui buvait une bière, une sorte de clown aux sourcils proéminents, aux cheveux noirs très fournis qui tombaient jusqu'aux épaules et à la moustache teinte en vert foncé.

— Lequel ? Médrano ?

— Te fie pas à la frime... Il a un plan pour un truc de première... du LSD. Il paraît que si tu connais pas ça, tu ne connais rien ! Je te présente ?

La minute d'après, Alain avait décroché un rendez-vous avec le fournisseur exclusif du moustachu, une adresse dans le VIIIe arrondissement, avenue George-V. Il lui suffisait de se présenter de la part de Mandala. Il s'y rendit le dernier vendredi de mai. Le tronc dans son sac, comme d'habitude. Il allait s'engager dans l'avenue quand une immense clameur l'immobilisa. Une manifestation remontait les Champs sur toute leur largeur. Il n'en avait jamais vu de plus imposante... Il saisit le tronc et s'élança vers le cortège en psalmodiant :

« Aidez les étudiants blessés,
Aidez les étudiants blessés. »

Le premier carré des manifestants s'ouvrit et se

referma aussitôt sur lui. Un para en treillis, béret rouge incliné sur l'oreille, la poitrine bardée de médailles, le toisa. Alain aperçut une petite pancarte imprimée qui se baladait au-dessus des têtes : « Amicale des Anciens de Diên Biên Phu. » Ses yeux accrochèrent la lueur froide d'une baïonnette. Une injection d'acier mortel... Son dernier cri fut couvert par le million des voix de la France enfin retrouvée :

« Renault au boulot,
Les cocos à Moscou...
Renault au boulot,
Les cocos à Moscou. »

LA CARTE IMAGINAIRE

Peter Tunner agaçait prodigieusement Michel Laroche, avec sa manière de survoler les événements sans jamais prendre le moindre coup, avec ses succès faciles auprès des femmes, son effrayante capacité d'oubli. En vérité il ne se passait pas un jour sans que Michel Laroche ait envie de le tuer, de saboter sa ridicule Corona Tigger, de lui faire choper le sida en le plaçant entre les mains d'une vamp infectée, de remplacer son scotch Goldenfish par de l'huile de ricin, de le pousser dans un marigot grouillant de crocodiles, de lui transpercer la carcasse à coups de balles dum-dum. Il ferma les yeux pour chasser l'idée qui le tenaillait depuis des mois et observa l'agent secret dont la voiture venait de se ranger sur un parking, en lisière de forêt.

« *Les routes menant à Worhand étaient toutes surveillées, de même que la gare, l'aéroclub. Peter Tunner observa la carte posée sur le capot de sa Corona Tigger et son doigt courut le long d'une fine ligne bleue. Il se tourna vers Joan qui, le visage renversé en arrière, ses longs cheveux roux tombant en cascade sur ses reins, s'étirait au soleil naissant.*

— Je crois que j'ai trouvé un moyen de nous en sortir.

Elle s'approcha tout près de lui, passa ses bras autour de son cou et lui mordilla le lobe de l'oreille.

— Tu es formidable, chéri. Qu'est-ce qu'on va faire? Foncer dans le tas?

Il se dégagea de l'étreinte, troublé par le contraste existant entre la douceur des caresses de Joan et sa brusque détermination. Il lui montra la carte.

— Ils ont repéré la voiture et nous attendent, planqués dans les buissons... On va les décevoir. Tu vois ce trait...

C'est une rivière, et c'est par là que nous allons entrer dans Worhand... »

Michel Laroche était prêt à lui refourguer une barque pourrie destinée à couler au beau milieu de la Scarpe. Il imaginait déjà Tunner hurlant à la mort en voyant l'eau noircir ses mocassins Bérini et imbiber son complet de chez Dior, avant de prendre conscience qu'il n'avait jamais appris à nager...

Bouffon !

Il tira la feuille de la machine, d'un coup sec, la posa en soupirant sur le manuscrit et avala un grand verre de café tiède en se massant le front. Ce n'était pas tant la rédaction des aventures de Tunner qui le déprimait à ce point que la résistance épuisante qu'il opposait à son désir de liquider le pantin qui le faisait vivre depuis maintenant dix ans. Il le laissa en plan, avec sa carte dépliée, en plein vent, et descendit l'escalier, évitant les ouvriers qui posaient un nouveau tapis sur les marches cirées. Un flash lui montra Tunner glissant sur la protection non encore arrimée et dévalant l'étage sur les reins, entraînant le tapis et les barres cuivrées dans sa chute. Cela le mit de bonne humeur et il sortit dans la rue en sifflotant.

Il n'était que six heures et la nuit tombait déjà. Un nouveau bar, le Georgia, venait d'ouvrir ses portes, au bout de la rue, et Michel Laroche se décida à y entrer en se disant que si l'ambiance ne lui convenait pas il pourrait toujours filer au Stardust où il était assuré de ne pas perdre sa soirée. La direction avait fait dans le style minimaliste, murs blancs, rares ampoules aux watts anémiés, tables en formica, chaises fil de fer... Il s'installa le dos au bar, à une place depuis laquelle il pouvait voir la totalité de la salle ainsi que la sortie. La sono diffusait une curiosité, *The duke of Earl*, de Gene Chandler. Cela le mit en confiance, d'autant que Lee Dorsey prit la relève avec *Holy Cow*. Il choisit une bière finlandaise et la but lentement en observant un type qui faisait réussite sur réussite à la table située près des toilettes. L'homme avait conscience de l'intérêt qu'il suscitait et lança deux, trois sourires à l'écrivain quand leurs regards se croisèrent. Michel Laroche vit arriver une bière qu'il n'avait pas commandée. Le salut du joueur, un minuscule mouvement de tête qui semblait dire : « À la vôtre », l'informa sur la provenance de la tournée. Il se leva, son verre à la main, et s'approcha.

— Merci pour ça... Vous permettez ?

Deux heures plus tard, la salle était pleine et Michel Laroche trempait les lèvres dans sa sixième bière, une islandaise cette fois. On se pressait autour d'eux pour voir les cartes flotter autour des mains du joueur, disparaître comme par enchantement, réapparaître avec la force de l'évidence, les rouges se muant en noires, les carreaux en trèfles, les rois en valets et les sept passant à l'as. L'assistance avait crié sa joie aux mystères du pont tronqué, de la suite royale, du Japonais démasqué, hurlé de contentement à l'humour du hoquet crochu, de la quinte réprimée et attendait le prochain tour en retenant son souffle. Le joueur planta sa cigarette au coin de sa bouche, mordillant le filtre du bout de ses dents, et glissa méticuleusement les cartes dans leur étui. Un murmure de désapprobation parcourut la petite foule des admirateurs. Michel Laroche se fit l'interprète de tous les clients du Georgia.

— Je crois que tout le monde en redemande...

Le joueur se contenta de sourire et posa le paquet de cartes à sa droite.

— Si vous me le demandez, je suis d'accord, mais dans ce cas il faut risquer un peu de votre argent. Je me doute que cela vous fait peur après que vous avez pu constater ma dextérité. Pour rétablir l'équilibre, je suis prêt à me passer de cartes : vous en choisissez une, dans le secret de votre cerveau, et je fais mon possible pour la découvrir... D'accord ?

Michel Laroche ouvrit son portefeuille et posa un billet de deux cents francs sur la table. Quatre clients prirent le risque de parier sur lui et vinrent grossir la mise. Le joueur commanda deux bières, poussa les mille francs sur le côté et commença à battre un jeu imaginaire. On entendait presque le frottement des cartes entre elles. Il les tendit à l'écrivain, lui demandant de couper, puis les présenta en mimant un éventail. Le barman, un gros type aux joues couperosées, servit les consommations.

— Choisissez une carte, mentalement, et dessinez-la sur le dessous de bière, puis vous le remettrez à sa place, l'inscription contre la table.

Michel Laroche, emporté par la fiction, regarda le vide que serraient le pouce et l'index de sa main droite, remit la carte imaginaire dans le jeu invisible et inscrivit un neuf suivi du symbole carreau sur le carton. Le joueur avait pivoté vers le mur pendant ces quelques instants. Il demanda la permission de se retourner et tira les cartes de leur étui. Il les jeta une à une sur la table, jusqu'à la dernière, figure en l'air.

— C'est curieux, il en manque une... Et je crois que c'est le...

Il déplaça lentement la chope de bière de Michel Laroche et fit glisser le carton, découvrant le neuf de carreau. L'écrivain ne put réprimer un cri. Il retourna le dessous de bière, incrédule, comme pour vérifier ce qu'il venait d'y inscrire. Quinze têtes se penchèrent tandis que le joueur empochait les cinq billets de deux cents francs. La même scène se reproduisit trois fois avant la fermeture. Michel Laroche était persuadé que le joueur disposait d'un complice dans l'assistance et il exigea que les spectateurs se tiennent à distance, ce qui lui fut accordé, puis il pensa que son adversaire lisait son dessin par un simple jeu de glaces et fit masquer le miroir du bar à l'aide de torchons, ensuite il n'utilisa pour écrire qu'un morceau de mine, de peur que le mouvement de l'extrémité du crayon ne décrive trop bien son écriture. Aucune de ces précautions ne sauva le moindre billet de deux cents francs et l'écrivain se mit à redouter le ressentiment de ceux qui avaient renchéri sur ses mises ! Il rentra, la vessie déformée par l'ingestion d'une bonne douzaine de bières nordiques, le cerveau embrumé, et se plaça devant l'écran de son ordinateur. Il pianota les codes d'entrée, FINDER, CENTRAL, ROMAN N° 135. Tunner, qui avait bizarrement pris les traits du Joueur, barbotait au milieu de la Scarpe tandis que Joan, emmitouflée dans son vison, observait le vol des hérons. Il fit se dresser un casino sur la rive du ruisseau.

« *Tunner dirigea le canot vers les lumières qui se reflétaient dans l'eau. Un portier en livrée saisit la corde qu'il lui lançait et ils abordèrent. Joan prit une coupe de champagne sur un plateau que promenait un serveur chinois et ils se précipitèrent vers les tables de jeu. Joan opta pour le chemin de fer et Tunner pour la roulette...* »

Il les obligea à jouer, et à perdre, une grande partie de la nuit. Au petit matin Joan devait près de cinq cents millions à la banque et Tunner pas loin du double. Il les fit se jeter dans l'eau, les repêcha, se souvint de *On achève bien les chevaux* et contraignit Tunner à flinguer Joan avant de se faire justice. Il rengaina le revolver, prit la corde du bateau et les pendit à un saule pleureur... Quand huit heures sonnèrent au clocher voisin, ses deux héros venaient de fixer un tube d'aspirateur au tuyau d'échappement de la Corona Tigger, de le coincer sur le circuit de ventilation et, le moteur lancé à plein régime, ils attendaient, renversés sur leurs sièges couchettes, que les gaz mortels viennent à bout de leur désespoir. La journée s'épuisa en homicides divers. Aucun écran, aucun disque dur n'avait connu une telle variété dans le suicide : étouffement par dégustation de veste Christian Dior, électrocution par la foudre après s'être volontairement attaché à un paratonnerre en plein orage, bain moussant au Destop...

À la nuit tombante, vaguement déprimé, Michel Laroche se rendit au Georgia. Son regard se porta immédiatement sur la place qu'occupait le Joueur. Il se tourna vers le barman.

— Vous n'avez pas vu le type qui jouait aux cartes la nuit dernière ? Il était assis là...

Le serveur reposa le verre qu'il essuyait et leva les yeux vers lui. C'était un jeune gars au visage grêlé de taches de rousseur.

— Je n'étais pas là hier soir, j'étais malade... Le patron avait embauché un extra...

Michel Laroche s'excusa et commanda une bière lituanienne qu'il avala debout, au bar.

À dix rues de là, le patron de l'Indigo avait embauché un extra pour remplacer son barman qui venait de le lâcher après une engueulade relative aux pourboires. Le nouveau ne lui plaisait pas trop, un gros aux joues couperosées, mais il avait l'air de connaître son boulot. La soirée s'annonçait bien, d'autant qu'un phénomène captivait les clients en sortant des cartes de leurs narines! Les billets naviguaient entre les tables, changeaient de portefeuilles, mais le nombre des tournées aidait le patron de l'Indigo à fermer les yeux. Depuis un quart d'heure le joueur devinait les cartes d'un jeu imaginaire et avait empoché près de deux mille francs lorsque se produisit un véritable coup de théâtre : il découvrit un as de cœur sous le carton de bière du gogo qui lui faisait face alors que le type avait dessiné un as de pique! Le joueur déboursa près de trois mille francs pour couvrir les enjeux, se leva, le visage décomposé, et quitta la salle.

Il s'embusqua sous un porche et attendit la fermeture de la boîte. À deux heures du matin, le patron grimpa dans sa Volvo et mit le cap sur une banlieue résidentielle. Le barman sortit un quart d'heure plus tard après avoir balayé la salle. Le joueur lui emboîta le pas et le coinça devant la vitrine d'une boulangerie qui vantait la blancheur d'une pâte au levain. L'homme sursauta.

— Qu'est-ce que tu fous... Tu m'as fait peur...

Le joueur eut un rire mauvais.

— Qu'est-ce que tu as en ce moment? C'est la ménopause qui te travaille? Si tu me refais un coup pareil je vais être obligé de me passer de tes services... Je te paye assez bien pour que tu fasses le boulot correctement... On chauffe les pigeons en les faisant boire trois ou quatre verres, ensuite j'en invite un à ma table... Tu t'arranges pour servir ou desservir quand le type écrit sur le dos du carton et tu vas te placer derrière le bar...

Le barman haussa les épaules.

— C'est ce que j'ai fait, c'est simple, je ne suis pas idiot!

— Oui, mais c'est après que ça se gâte. Avec la main

droite tu me donnes la famille : tu te grattes le nez avec un doigt, c'est pique, avec deux doigts, c'est cœur, trois doigts sur la joue, c'est trèfle, quatre, c'est carreau. C'est pas compliqué, un ça pique, deux c'est le couple donc le cœur, trois le trèfle, quatre le carreau. Avec la main gauche, un doigt c'est le 7, deux le 8, trois le 9, quatre le 10, cinq doigts c'est pour le valet, la main sur le cœur c'est évidemment la dame, la main sur la tête, le roi, et le poing fermé, c'est l'as ! Si tu as le nez qui te démange quand il faut me dire cœur, retiens-toi... Moi je suis au point pour sortir la bonne carte du paquet et faire semblant de la découvrir sous le verre de bière mais encore faut-il que tu fasses les signes qui correspondent !

La semaine suivante, Michel Laroche se résolut enfin à flinguer son héros récurrent, dans le dernier chapitre de *Tunner joue et perd*. Une fin classique, à la Dostoïevski : la roulette russe.

LE PARTAGE DES TÂCHES

Alain Couriot était un homme trapu, aux épaules massives. Des dents proéminentes et des paupières tombantes lui conféraient l'air niais. Sa jeunesse n'avait pas été facile, mais au fil des années il avait appris à jouer de sa nature disgracieuse et l'on ne comptait plus les petits malins qui s'étaient brûlé les ailes après avoir cru, un instant, leur fortune assurée.

Son adjoint, Daniel Rico dit le Danseur, un surnom qu'il devait à sa démarche chaloupée, avait trouvé la formule juste pour le définir : « Couriot, en vitrine c'est zéro, mais il faut voir ce qu'il y a en magasin ! » Il faisait chaud, orageux. On avait maintenu les fenêtres fermées pour ne pas risquer d'être espionnés, même si le vis-à-vis le plus proche se situait à trente mètres, de l'autre côté de la rue de Rivoli et de son vacarme automobile. Couriot présidait la réunion, bloqué dans son fauteuil sombre, les bras collés aux accoudoirs. Il leva le menton en direction de Joël Asquin, une armoire chauve d'un mètre quatre-vingt-quinze, et se mit à parler, marquant une pause après chaque mot, comme s'il en épuisait la vibration dans sa bouche.

— Alors, Jo... Tu en es où avec ton histoire de machines à sous ?

Asquin se racla la gorge. Il sortit un carnet de sa poche intérieure de blouson, découvrant la crosse du 357 Magnum bloqué sous l'aisselle.

— Ce mois-ci, on approche des cinquante briques, patron... En résultat cumulé depuis le début de l'année, nous ne sommes pas loin du milliard... J'ai formé une nouvelle équipe qui s'occupe des horodateurs du quartier de la Cité des Sciences et avec elle, on écume tout Paris. Le seul problème, ce sont les commissions : je récolte au minimum trois cents kilos de ferraille par semaine et les deux caissiers de la Trésorerie que j'ai dans ma poche deviennent de plus en plus gourmands...

Trois autres hommes avaient pris place autour de la table près de Couriot, du Danseur et de Jo Asquin. Ils écoutaient sans intervenir, leurs yeux naviguant entre le type au rapport et le patron, guettant l'incident. Couriot posa les coudes sur la table et laissa tomber :

— Trouves-en d'autres...

Le géant s'épongea le front.

— Ce n'est pas ce que je voulais dire... Tant qu'on se limitait aux horodateurs, tout allait bien : des pièces de dix, de cinq... ça s'écoule assez facilement... Plus petit, c'est la croix et la bannière. Je n'étais pas d'accord pour les sanisettes : on n'a droit qu'à des pièces de un franc et de cinquante centimes ! Personne n'en veut... Ça va finir par nous rester sur les bras !

D'un regard le Danseur sollicita l'autorisation de Couriot. Il remuait à peine les lèvres en parlant.

— Écoute, Jo : le stationnement payant couvre tout Paris. Le marché est saturé et il n'est pas extensible. Les sanisettes, c'est le contraire, on a devant nous cinq à six ans d'expansion. Il faut que tu t'adaptes.

Couriot se versa un fond de scotch et fit tourner le liquide au fond de son verre, observant ses partenaires.

— Et toi, Frank, tu as enfin réussi à t'implanter dans le quartier Saint-Denis ?

Frank, François Delba pour l'état-civil, dissimulait son inquiétude derrière d'énormes lunettes de myope. Il croisa les bras sur la table.

— Presque... Les Corses et les Kabyles passent à la caisse sans problème. Ils nous ristournent dix pour cent sur la gagne des filles, chambre déduite... Je rencontre surtout des difficultés avec les Pieds-Noirs : ils font bloc autour des Martinez...

L'homme assis à sa droite intervint.

— Les Martinez ? La famille qui tient la chaîne de sex-shops ?

Frank approuva et son voisin s'adressa directement à Couriot.

— Si ça peut aider, j'ai la possibilité de faire boucler leurs commerces... Après une semaine de manque à gagner je suis certain qu'ils se montreront raisonnables...

Le patron avala son scotch d'un coup et fit claquer sa langue.

— Tu as entendu, Frank ? Tu peux le remercier... (Il se tourna vers celui qui venait de parler.) Je ne savais pas que tu aimais rendre service, Torkel... Ce n'est pas la réputation que tu traînes...

Torkel se redressa en souriant.

— Disons que j'avance masqué... (Il ramena ses cheveux en arrière.) Vous voulez savoir où j'en suis ?

Le Danseur, d'un geste, l'invita à poursuivre.

— Je viens d'obtenir l'accord d'une des plus grosses boîtes d'installation d'autoradios de la région... Ils nous prennent toute la camelote que nous avons en stock et ils passent commande d'une centaine d'appareils par semaine. Ils exigent du matériel haut de gamme, stéréo, platines laser... Je peux fournir dès l'instant où on débarrasse en priorité les bagnoles bien équipées, pas les R 5 ou les 4 L ! Et là, patron, il n'y a que vous qui puissiez arriver à quelque chose : je n'ai aucun pouvoir sur les types des sociétés privées qui déménagent les bagnoles... Je peux seulement faire poser les papillons de demande d'enlèvement...

Couriot avait disposé devant lui les fiches de service de ses hôtes. Il annota celle de Torkel.

— Très bien. Je vais voir ce que je peux faire...

Il fixa longuement le dernier de ses partenaires, un vieil homme aux cheveux blancs crantés qui fumait cigarette sur cigarette, le dos rejeté contre sa chaise. Couriot prit sa fiche entre ses doigts et l'abattit sur la table.

— Tu t'occupes de trop de choses, Jean... Je t'avais demandé de passer la main... Spécialise-toi dans les HLM, les Pompes funèbres, les cantines... Je te laisse le choix. Pas tout en même temps, c'est trop voyant !

Jean Quillane écrasa son mégot avec application et expira la fumée vers le plafond.

— Tu m'as convoqué pour m'engueuler ou pour entendre mon rapport ?

Le visage du Danseur s'agrémenta d'un sourire.

— On ne te fait pas de reproches, Jeannot... Tout le monde reconnaît tes mérites : ce n'était pas facile de regrouper l'essentiel du marché des obsèques sur la Grenobloise et de les faire cracher au bassinet... Seul un homme de ta trempe pouvait réussir... Mais tu es moins à l'aise avec les HLM. Ton idée de faire payer un droit d'entrée aux locataires, en théorie, c'était impeccable... Malheureusement, ton maire adjoint s'est fait poisser sur dénonciation et c'est tout juste s'il n'a pas lâché le morceau ! Si le commissaire Cartier n'avait pas été là, c'était noté sur le procès-verbal...

Jean Quillane alluma une nouvelle cigarette puis se frotta les yeux, du bout des doigts.

— Si c'est ce que vous souhaitez, j'abandonne les HLM... (Il sortit un calepin de sa poche et le lança vers le patron. Le carnet glissa jusqu'à lui, dispersant les fiches.) Toutes les adresses sont là-dedans...

Couriot s'apprêtait à le ramasser quand la porte de la salle de réunion s'ouvrit. Un policier en tenue entra précipitamment et s'approcha de lui.

— Excusez-moi, monsieur, mais la voiture du maire est annoncée...

Couriot se leva, donnant le signal du départ à ses hôtes. Le commissaire Asquin ajusta sa veste tandis que le conseiller Delba se recoiffait devant la glace. Torkel, Rico et Quillane regagnèrent leurs bureaux respectifs, à l'étage des chefs de direction, au cinquième niveau de l'Hôtel de Ville. Le voyant de l'ascenseur personnel du maire se mit à clignoter. Alain Couriot attendait, en retrait. L'huissier tira la porte. Le maire posa le pied sur le parquet du couloir et son bras entoura les épaules de Couriot.

— Alors, monsieur le directeur des services, tout va bien ?

— Très bien, monsieur le maire, je vous remercie...

Ils entrèrent dans le bureau. Le maire s'installa sur la banquette du coin-salon et croisa ses longues jambes.

— J'ai décidé d'accélérer le processus de privatisation des services municipaux... J'aimerais disposer d'un document de travail précis pour la prochaine réunion du conseil municipal... Je compte sur vous.

Alain Couriot inclina la tête pour cacher sa satisfaction. Le maire y vit une marque de déférence. Il ne s'imaginait pas à quel point, en matière de privatisation, il avait affaire à un expert.

TÊTE-À-TÊTE

C'était la première fois, depuis vingt ans que sa femme avait disparu, que Georges Fausson se décidait à prendre des vacances. Il en avait à maintes reprises formé le projet, mais il suffisait du moindre prétexte pour l'amener à renoncer. La maladie d'un des chats, l'annonce d'une vague d'attentats dans la province qu'il avait justement choisie... Une série de cartes routières et de guides aux reliures vertes témoignaient, par couple, d'autant d'abandons.

Cette fois il avait minutieusement préparé son affaire, s'inventant, de la révision de la voiture à l'achat de la valise, une multitude d'épreuves qu'il avait franchies une à une avec un soulagement renouvelé jusqu'à ce moment fatidique qui le voyait charger son bagage dans le coffre de la Citroën.

Il ferma les volets, coupa l'eau, l'électricité puis le gaz en s'aidant d'un tabouret instable. Il fit la course aux chats, alertés depuis la veille par les entorses faites aux habitudes. Il comptait s'arrêter dans un petit hôtel de campagne, au hasard de la route, sans risquer un refus causé par la présence des animaux. Un voisin s'était proposé pour les accueillir dans son pavillon les trois semaines que devait durer son absence. Georges Fausson parvint à les coincer dans la salle de bains où ils avaient trouvé refuge. Il dut s'allonger sur le tapis aux longs poils synthétiques roses et tendre les bras sous la baignoire en contournant le siphon. Il les tira l'un après l'autre par les pattes de devant et enfourna les siamois dans un panier d'osier. Il sortit de la maison, traversa lentement le jardin. Son regard s'attarda sur les parfaits alignements de poireaux, de plants de tomates, de carottes. Alors qu'il s'assurait de la fermeture du portail, un énorme bulldozer, en passant, le fit sursauter et se retourner. Il identifia l'un des engins de terrassement que le conseil général mobilisait tout au long de la rue pour enfouir sous terre des canalisations aux dimensions phénoménales qu'un véritable carrousel de camions déposait à intervalles réguliers près des excavations. Le mois précédent, la même armée bruyante avait creusé un profond bassin au centre du carrefour, en avait cimenté les parois inclinées et le fond avant d'interdire l'accès des pentes aux amateurs de skate en posant un grillage. Un panneau récemment dressé annonçait, en lettres noires sur fond jaune, qu'une canalisation de huit cent cinquante mètres serait disposée entre la rue Lasalle et le bassin de retenue du carrefour du 8-Mai-1945, dans le cadre de la lutte contre les orages décennaux... Des chiffres astronomiques détaillant la TVA mettaient fin au message et signifiaient aux contribuables l'utilité de leur effort.

Le voisin l'attendait sur le perron, des phrases toutes faites aux lèvres, la météo qui se mettait enfin au beau, les embouteillages qui se résolvaient... Il hérita des siamois.

Georges Fausson conduisit jusqu'à la nuit, sans un arrêt, comme s'il devait encore se prouver qu'il avait réussi à quitter son univers quotidien. Il traversa des quantités de départements sans prêter la moindre attention à l'alternance des paysages de part et d'autre du long double rail d'asphalte. Il s'étonna, tenaillé par la faim, de clignoter sur la bretelle de sortie d'Avignon-sud. Il bifurqua en direction d'Apt et s'arrêta devant un restaurant perdu au milieu d'une pinède, près de Gordes.

Ce ne fut que le lendemain, quand ses pas le portèrent sur la route de Joucas, qu'il se souvint... Il avait lutté des années pour s'imposer cette fuite qui le ramenait au point de départ, près de ce village où Clara était née. Ils n'y étaient jamais venus ensemble mais il lui semblait reconnaître les collines d'ocre et, là-bas, la falaise de Lioux qu'elle lui décrivait si souvent...

Les policiers étaient venus enquêter jusque-là, de

Paris, et l'enfant du pays, évanouie à jamais un matin d'octobre 1964, devait encore occuper les conversations des vieux dans les hameaux reclus. Georges Fausson revint à l'hôtel. La valise réintégra le coffre de la Citroën. Trois jours d'errance à travers les Alpes proches le dissuadèrent de s'inventer un but : son esprit le ramenait, devant plaines, pics ou vallons, à Clara et à cette maison qu'il n'aurait jamais dû quitter. La prémonition du désastre le poussa sur l'autoroute. Quand le lendemain matin il stoppa devant le portail il ne s'étonna pas d'être accueilli par le commissaire Velgrain, une vieille connaissance.

Une pelle Poclain avait pris possession du jardinet et enfonçait ses crocs métalliques dans la végétale. Le conducteur manœuvrait sa gamme de manettes et déposait ses charges de terre en un pointillé de monticules qu'une équipe d'ouvriers sondaient à l'aide de râteaux et de pioches. Le commissaire le fit entrer dans la salle à manger. Sur son propre bureau, près de la lampe au socle vert, trônait un crâne terreux. Georges Fausson s'effondra et avoua son crime. Les ossements avaient été exhumés la veille, à la limite du carré de poireaux, à la suite d'une série de hasards.

Un engin, travaillant sur le chantier proche, avait bousculé une conduite de gaz imparfaitement signalée sur un relevé de la direction de l'équipement et il avait fallu remonter assez loin pour vérifier l'état des joints : jusqu'au jardin de Georges Fausson...

Ce n'est que deux jours après ses aveux que l'on mit au jour le second crâne et il vint prendre place près du premier sur le bureau, sous la lampe au socle vert. Georges Fausson refusa obstinément d'endosser la paternité de ce nouveau crime, comme il nia farouchement toute participation à la mise à mort des cent soixante-douze dépouilles que l'on arracha aux profondeurs de son jardinet au cours de la semaine suivante. D'ailleurs le commissaire ne disposait pas d'assez de fiches de personnes disparues pour attribuer une identité provisoire aux pièces de sa macabre collection.

Il fallut attendre qu'un terrassier se montre surpris

par l'extrême abondance des blocs de pierre dans un sol naturellement argileux pour qu'on s'interroge enfin sur l'étonnante régularité de leur disposition. L'accumulation traçait une place, connue aujourd'hui sous le nom de Portique de Vénus, qui jouxtait le bâtiment principal d'une villa romaine aux dimensions imposantes. On expertisa les crânes. Tous, sans exception, dataient du premier siècle après Jésus-Christ. On remua la terre de plus belle, les fondations, la cave du pavillon, à la recherche des restes de Clara. En vain, si l'on excepte une réplique romaine de Polyclète et un invraisemblable bric-à-brac de tessons, d'armes rouillées, de pièces de bronze.

Georges Fausson se mura dans le silence, Clara demeura introuvable... à moins que ne lui appartienne cette cent soixante-quinzième boîte crânienne qu'un jeune archéologue rend à la lumière et porte dans ses paumes ouvertes à la manière d'une offrande.

LA RÉVOLUTION DE RANDRIANANTOANDRA

Je m'appelle Randrianantoandra et j'ai eu dix-huit ans au début du printemps. Il y a peu, j'habitais encore à Kianja, dans la banlieue d'Antananarivo que les Français ont baptisé Tananarive. Mon père conduisait un bulldozer avec lequel il repoussait, du matin au soir, les limites de la décharge municipale. Ma mère travaillait dans les carrières, de l'autre côté du lac, à casser du gravier. Je m'occupais des quatre cochons, les nourrissais avec ce que je trouvais dans les détritus que déversaient inlassablement les camions-plateaux venus de la nationale.

Les murs de notre maison provenaient également de la décharge, de même que nos quelques meubles. Mes sœurs récupéraient les boîtes de conserve et nous nous retrouvions tous, le soir, pour aplatir le fer-blanc, l'aluminium, à coups de pierre. Deux fois par mois mon père vendait la récolte à un camionneur de Vakinankarata qui lui donnait davantage que Joseph, le chiffonnier officiel d'Ambohimandrosa.

D'autres familles de Kianja s'occupaient des os, des bouteilles, du charbon de bois... Toutes élevaient des porcs qu'il fallait empêcher d'aller ravager les rizières, toutes logeaient aux confins de la décharge, dans la fumée épaisse des pneus-torches, indifférentes à l'odeur des chiens morts et au bourdonnement des nuées de mouches. Toutes pleuraient un enfant, un frère : celui qui naît à Kianja meurt à Kianja.

Un jour, c'était en avril, un convoi de l'armée s'est immobilisé à la fourche d'Ankadiefajoro et des Sénégalais ont jeté une cinquantaine de cadavres au bas de la colline. Leur chef, un Blanc au visage bouffé par la petite vérole, s'est approché de mon père et lui a demandé de couper le moteur du bulldozer.

— Tu me brûles ça, avec les pneus.

Il a tourné les talons et c'est quand il a posé son ranger sur le marchepied de la jeep de tête que les lèvres de mon père se sont entrouvertes.

— Non... Je n'ai pas le droit...

L'officier a suspendu son mouvement puis il a rebroussé chemin. Sans un mot il s'est installé aux commandes de l'engin et la pelle mécanique a bousculé les corps, les ordures. Mon père hurlait à ses côtés mais ses prières n'atteignaient pas le ciel. Sa main s'est posée sur le cric dissimulé sous le siège et, par trois fois, l'outil a défoncé le crâne de l'officier vérolé. Le bulldozer a hoqueté puis s'est immobilisé. Les Sénégalais assis en rangs d'oignons sur les bancs de leurs camions n'ont pas bougé. Ils l'ont vu descendre et courir dans les amoncellements de résidus. Les crosses sont restées sur le plancher.

Peut-être savaient-ils que rien ici n'est possible sans les morts, que ce sont eux qui choisissent la terre de leur repos... Je me souviens qu'après son accident mon grand-oncle Rabekoto a enterré sa jambe à l'ouest du village, près du grand lac, et rien au monde ne pourra l'empêcher de la rejoindre, un jour, pour vivre entier son éternité.

Nous sommes partis le soir même après avoir vendu les bêtes. Les femmes se sont réfugiées à Anjozorobe, chez un cousin, et j'ai suivi mon père le long de la ligne de chemin de fer. Nous avons marché pendant une dizaine de jours sur les traverses des Chinois, nous dissimulant dans les herbes hautes au passage des trains, des patrouilles. Quelquefois l'écho de fusillades nous parvenait, assourdi par le feuillage. Des avions frôlèrent les falaises d'Anjiro, un matin, et leurs bombes mirent le feu aux cases d'un village où nous avions trouvé refuge, et aux eucalyptus. Les survivants couraient en tous sens dans la clairière, mais les mitrailleuses des Junkers les fauchaient bien avant qu'ils atteignent la protection de la forêt.

Nous avons franchi les lignes ennemies en évitant le poste d'Andasibe. Ensuite, tout était détruit, les viaducs, les ponts, les tunnels. Les rails gisaient au fond des ravins et les restes de traverses noircies témoignaient d'autant de campements.

Un détachement de l'état-major secondaire n° 10 du président Todiasy nous débusqua à l'aube du onzième jour et nous fûmes conduits devant un responsable du commandement insurgé. On nous interrogea séparément et l'on confronta nos récits avant de nous intégrer à l'armée malagasy. Un ancien coolie de Shanghai qui avait rejoint notre cause initiait les recrues aux combats de guérilla. Il formait des sections de trente-trois hommes armées chacune d'un fusil et de sagaies. Nos premières missions consistèrent à investir les villages de la région d'Anosibe et à rallier les paysans à l'insurrection. Cela se faisait sans discussion, malgré la peur des représailles.

Avant notre premier combat, le Président nous fit prêter serment et tous les hommes entrèrent, l'un après l'autre, dans la case des Fanafody. Un officier me présenta une cuillère remplie d'une eau trouble.

— Bois, Randrianantoandra, cette eau est mélangée à l'or et à l'argent des montagnes. Elle fait perdre le chemin de sa maison à celui qui trahit et le fait errer, jusqu'à la fin de ses jours...

Le métal heurta mes dents et j'aspirai le breuvage entre mes lèvres. Puis il me tendit une feuille fraîche de sika.

— Quand les Français tireront sur toi avec leurs fusils, plie la feuille de sika entre tes doigts et crie : « Assez », en tordant l'index. Les fusils des Français deviendront aussi liquides que de l'eau de pluie...

L'objectif était un poste renforcé sur la route d'Ambatondrazaka et l'attaque devait être menée par les forces réunies de trois états-majors secondaires. Il était prévu que la jonction s'opère sur les rives du lac Alaotra, près des silos. Cinq de nos sections, dont la mienne et celle de mon père, arrivèrent les premières, et le commandant nous fit prendre position dans les sillons creusés à flanc de colline par les rafales de vent et les torrents d'orage.

À minuit tous les guerriers se lancèrent à l'assaut du fortin, une arme dans une main, une feuille de sika dans l'autre. Les armes automatiques des Français se mirent à découper le temps et, plus je tordais mes phalanges, plus les cadavres des miens recouvraient la poussière. Je plantai ma sagaie entre mes pieds et m'accroupis, incapable d'avancer ou de battre en retraite. Un Africain me ramassa bien plus tard, de la pointe de sa baïonnette, et me poussa dans le carré des prisonniers. Je ne vis pas mon père et ne reconnus rien de lui quand on nous obligea à passer devant les corps entassés.

Un camion de l'armée vint se garer près de nous. Un soldat nous distribua du manioc sec et un peu d'eau, puis les militaires nous escortèrent jusqu'à la gare d'Ambatondrazaka. Les Sénégalais nous forcèrent à grimper dans les wagons à bestiaux stationnés devant la réserve de charbon. Une locomotive nous réveilla, tôt le matin, en s'accrochant au convoi. Toute la journée fut occupée par l'obsession de l'eau et le souvenir des disparus.

L'un des nôtres, un commerçant de Mahajanga, avait réussi à conserver une minuscule lame, malgré la fouille minutieuse des Français, et il parvint à creuser un trou de la grosseur d'une noix à la jointure de deux planches. Avant que le train ne s'immobilise, au milieu de la nuit, les lettres rouillées de Moramanga défilèrent au ralenti devant l'œil qui voyait pour tous.

On courait sur le ballast du côté de la paroi aveugle, des bruits de bottes sur le gravier, des hurlements, des ordres, des culasses que l'on armait.

Soudain les mitrailleuses se mirent en action, constellant le bois d'une multitude d'éclats. Les dix ou douze hommes plaqués contre les planches s'affaissèrent sans un cri. Je me fis un rempart de leurs corps et me barbouillai du sang tiède qui coulait d'une plaie. La fusillade se prolongea durant un quart d'heure, puis un soldat, un Blanc, tira la porte à demi arrachée du wagon. Son pistolet abrégea les souffrances des quelques blessés qui geignaient parmi les morts. Des Sénégalais et des Algériens nous transportèrent jusqu'aux camions et nous jetèrent ensuite dans une fosse spongieuse creusée près d'une rivière. J'attendis le départ de la troupe, pour un nouveau chargement macabre, et me dégageai des bras, des jambes durcis de mes compagnons. Je rampai vers l'eau, me laissai submerger et nageai jusqu'à la rive du lac Alaotra.

Communiqué du Commandement du 1er BTSR :

« Moramanga, jeudi 8 mai 1947

Lundi 5 mai, au cours de la nuit, des rebelles ont attaqué un train stationné en gare de Moramanga dans le but de délivrer des insurgés qui s'y trouvaient prisonniers. Les combats ont fait quelques blessés et quelques tués à l'intérieur des wagons. Nous n'avons aucune perte à déplorer. »

Commandant J.

Direction de la SNCF région Madagascar :

« Cher maître,

Dans la nuit du 5 au 6 mai dernier, un train réquisitionné par le Premier Bataillon de Tirailleurs sénégalais (1er BTSR), placé sous les ordres du commandant J., a été totalement détruit par des tirs nourris d'armes automatiques, en gare de Moramanga.

Les éléments en notre possession (dossier joint) tendent à démontrer que ces tirs étaient le fait de soldats français, en l'absence de toute menace des forces insurgées.

Nous vous demandons donc, par la présente, d'évaluer le préjudice matériel subi par la SNCF et, dans un premier temps, d'engager un recours amiable auprès des autorités militaires afin d'effacer ce contentieux. »

M.R.
Direction du Matériel
et de l'Équipement.

Au matin un pêcheur me recueillit et, à l'abri dans sa case, je lui confiai mon histoire. Il posa sur sa table une poignée de terre prélevée sur le tombeau de ses ancêtres et me demanda d'y plaquer ma main. Il parlait lentement, cassant ses phrases afin que je puisse les reprendre avec exactitude.

« Vous, Andrianampoinimerina, Ranavalo manjaka, Raininandriamanpandry, Ralaimongo, Andriam Panohy, Andriaterony, et vous tous, "sacrés" qui n'ont pas été énoncés, venez, écoutez le serment que j'adresse. Je me suis donné en entier pour Madagascar et de nouveau je me livre et me livrerai s'il le faut jusqu'au dernier soupir de ma vie. Je dois accomplir ma tâche. Je supprimerai l'égoïsme de mon cœur, la jalousie, le séparatisme qu'avaient créés les chiens de Français parmi les Malgaches. Partout où je passe, je dois me montrer humble et respectueux. Étant le piédestal, le soutien du peuple, le bouclier du futur Fanjakana Malagasy, je dois faire attention à ma langue, car ma bouche peut me condamner et mes lèvres m'accuser. Comme s'il s'agissait de ma propre sœur, je m'abstiendrai de médire de mes chefs, de leur parler incorrectement, et de me fier aux calomnies à leur sujet. Je ne divulguerai jamais les secrets confidentiels. J'éviterai de frauder sur les gages en nature ou en argent, reçus en don. Si je suis fait prisonnier par les chiens de Français, je fermerai ma bouche et m'abstiendrai de dénoncer mes chefs, préférant la mort que d'accomplir des gestes de trahison, pour le salut de la patrie. Je suis prêt à braver la mort pour rentrer aujourd'hui dans la tombe de mon pays. Je renonce au choix de mourir demain. Mon sort est de mourir aujourd'hui pour Madagascar. Par malheur, si j'accomplis des actes contraires à ce dont je viens de parler, ô Dieu, ô Seigneur, ô ancêtres honorés, énoncés ci-dessus, présents au saint serment que j'ai juré après avoir absorbé de l'eau contenant une parcelle de la sainte terre où je vis, que votre puissance agisse sur moi et me rende vagabond, errant comme les chiens, que mes enfants et les descendants de mes arrière-petits-enfants soient à jamais privés de la lumière de la vie. Je dois mourir debout. »

Au loin résonnait *La Marseillaise*. Là-bas, les Français fêtaient le 8 Mai.

CONSIGNE AUTOMATIQUE 548

Les syllabes du nom s'imprimaient sur les lèvres du flic tandis qu'il lisait la carte orange. MICHÈLE DEURNE. Des lettres capitales, écriture bâton. Une signature compliquée, pleine de circonvolutions, brouillait le même nom, près de la photo. Le regard du flic allait du portrait couleurs à l'original... Moins d'une année de différence d'après la date d'établissement de la carte... D'un côté une jeune femme épanouie, souriant à l'objectif, de l'autre une sorte d'hébétude ridée, le visage de la défaite... Il avait ramassé des dizaines de cloches, de drogués, de paumés, les nuances infinies de la misère... Il croyait s'être bétonné le cœur, mais pour la première fois depuis qu'on l'avait jeté en uniforme sur le bitume parisien, les larmes lui montaient aux yeux.

Il essaya d'éviter la pauvre chose éparpillée sur le sol au milieu des fragments de journaux, de plâtre, de ferraille, mais c'est comme s'il fallait qu'il grave à jamais cette horreur dans sa tête.

La foule faisait cercle, des dizaines de personnes, figées, muettes... Une galerie courbe de visages médusés. Une humanité en proie à la terreur.

La machinerie SNCF, indifférente, continuait à décharger sur les quais ses milliers d'employés, d'ouvriers qui se dispersaient vers les métros, les bus, pour un peu moins d'une demi-journée, Opéra, Défense, Bastille..., avant de refluer vers les entrepôts nocturnes.

Maintenant que l'attroupement grossissait, on commençait à réagir. Des flics du 10e.

Il prit doucement la jeune femme par l'épaule.

— Suivez-moi...

Elle ne lui répondit pas, ne lui adressa pas le moindre

regard et se mit à marcher, la tête baissée, les yeux fixes, avec les gestes saccadés d'un robot.

Bientôt un an qu'elle sillonnait sans but la ligne Gagny-gare de l'Est, matin, midi et soir, comme une aiguille inutile sur un disque rayé.

Elle descendait la rue des Bourdons, comme avant, vers sept heures, patientait dans le hall, en contrebas des voies, et prenait le direct de 7 h 15 qui ne s'arrêtait qu'à Pantin.

Les mêmes qui faisaient partie de son ancien mouvement de balancier, maison-bureau, bureau-maison, étaient là, à faire la course pour la place près de la fenêtre, en non-fumeurs... Les hommes dépliaient leur journal, les femmes sortaient leur tricot, leurs aiguilles... Quelques bouquins... Paris arrivait là-dessus et suspendait jusqu'au soir les résumés de *Télé-Star,* les recettes de *Prima.*

Michèle Deurne les laissait tous passer et quittait le train quand le quai s'était vidé. Elle choisissait toujours le dernier wagon et il lui fallait remonter tout le convoi. Elle ne se sentait bien que sous la vieille verrière, comme cachée dans la rumeur des pas, bousculée, contrariée dans sa progression... à l'état d'épave flottante.

À force, sans le vouloir, elle avait appris à repérer la faune à l'affût, des types gris comme tous les autres, qui plongeaient sur un attaché-case abandonné une seconde de trop, des mômes aux doigts de vent qui se repassaient les portefeuilles à la chaîne.

Elle s'en foutait.

Dans sa poche, sa main se crispait sur la clef, ses ongles grattaient le numéro gravé. À gauche, et encore une fois à gauche, le couloir des courants d'air, après le passage commerçant... Michèle Deurne s'approchait du mur des consignes automatiques, s'immobilisait, l'épaule contre un montant métallique, et restait là, une heure s'il le fallait, le temps de faire partie du décor.

Au tout début, sept mois auparavant, elle profitait d'un moment d'accalmie, quand il n'y avait plus que quelques personnes dans son périmètre, pour ficher la clef dans la serrure, ouvrir la porte, saisir le paquet et l'enfourner dans une autre consigne. Le tout lui prenait cinq, six secondes...

Maintenant elle n'hésitait plus à opérer le transfert au milieu des passants, des rôdeurs, se sentant même d'autant plus en sécurité qu'il y avait de monde.

Elle changeait de clef chaque matin à la même heure, angoissée à l'idée de dépasser les vingt-quatre heures fatidiques. Peut-être aurait-elle pris moins de risques en gardant le même casier et en se contentant de glisser une nouvelle pièce de 10 francs dans la fente ? Le souvenir d'une conversation surprise un soir, dans un compartiment, le lui avait interdit : des employés du chemin de fer contrôlaient le secteur des consignes et ouvraient avec un passe celles qui leur paraissaient suspectes.

Elle préférait jouer à quitte ou double, chaque matin, plutôt que braver l'avertissement collé en rouge sur les portes rectangulaires :

24 HEURES MAXIMUM

Souvent elle venait s'asseoir dans la salle d'attente, face au guichet d'information. Normalement il fallait un billet grandes lignes, mais les voyageurs normaux avaient depuis longtemps laissé la place à ceux qui n'attendaient plus rien.

Michèle Deurne se calait sur la banquette en bois, fermait les yeux. Elle rêvait quelquefois d'un train vide qui ne s'arrêtait jamais. Aucun autre mot, dans la demi-conscience du matin, ne convenait mieux à cette sorte de frayeur habituelle et rassurante. Elle se voyait, allongée sur une couchette, au fond d'un compartiment, avec la porte des toilettes qui battait au rythme des joints de la voie. Chaque rêve lui permettait de voyager dans un wagon différent et de se rapprocher ainsi de la locomotive.

Enfant, il lui arrivait déjà de passer ses nuits à traverser les pays en songe, mais alors elle choisissait ses passagers avec soin et il était rare que des places restent inoccupées.

Dans ses souvenirs de ce monde nocturne, il y avait de la musique, des rires, des chants. Les rideaux baissés sur la campagne plongeaient les wagons dans une obscurité atténuée par la lumière douce et colorée des lampes d'opaline.

Sans jamais avoir vérifié, elle savait que son père était aux commandes de la locomotive et qu'il conduisait, la tête penchée au-dehors, le regard rivé aux deux lignes de fer parallèles, ses yeux brillants derrière les grosses lunettes de cheminot.

Et tout autour les volutes de fumée éclairées par les flammes du foyer...

Une fois, elle venait tout juste de changer de casier, un type avait fait tomber un paquet du sac qu'il tenait à la main. Elle s'était baissée, par réflexe, tandis qu'il faisait de même. Nez à nez, à cinquante centimètres du sol gris poussière ! Lui riait de la situation. Elle s'était sentie fugitivement heureuse de cette gaieté rapprochée.

Il s'appelait Francis, habitait aux Lilas et travaillait l'après-midi à Noisy-le-Sec pour une boîte de sérigraphie. Tuc.

Des dizaines de mecs l'abordaient chaque semaine, flairant la décalée, la môme perdue. La baise pour un McDo, dans les chiottes embuées de la gare... Elle avait appris le mépris, la hargne.

Là, non : la confiance immédiate. Trois jours de connivence... Elle faisait semblant d'aller au boulot, pressentant qu'en lui sacrifiant trop de temps elle serait mise sur le chemin des confidences.

Quelquefois il lui prenait la main, comme à une enfant, pour traverser une rue, la tirait vers les devantures des magasins. Il lui montrait souvent les étalages de crèmes de beauté ou les alignements de produits ménagers.

— Ça, c'est la menace invisible !

Les rues étaient pleines de sirènes, de gyrophares... Sur les vitres des gares on placardait des affiches menaçantes, en trois langues :

Ne laissez jamais vos bagages sans surveillance. Même pour quelques minutes. En raison de la vague d'attentats perpétrés en France, les services de police se réservent le droit de détruire tout colis suspect.

Et d'autres affiches, avec des visages d'hommes, de femmes surmontés d'une somme pleine de zéros.

Le troisième jour Francis l'avait emmenée dans un Euromarché-capharnaüm, porte de la Villette. Elle devait faire le guet tandis qu'il trafiquait les rangées impeccables de bombes aérosol. Michèle n'avait pas remarqué la fine caméra coincée entre deux paquets de lessive. Les vigiles s'étaient jetés sur Francis, en silence, pour ne pas perturber le ballet des consommateurs.

Personne n'avait fait attention à elle. Le groupe s'était éloigné. Elle s'était approchée d'un employé du magasin occupé à remettre de l'ordre dans le rayon. Des étiquettes autocollantes à l'impression malhabile recouvraient les marques d'insecticides :

PARTICIPEZ À LA DESTRUCTION DU MONDE
DISPOSITIF INDIVIDUEL ANTI-OZONE
EFFET GARANTI

Elle avait marché jusqu'à la gare de l'Est, par la rue de Flandre et le boulevard de la Villette.

Sa vie s'était refermée autour de sa consigne.

Le soir elle aimait s'installer face à la terrasse du bar, sous la verrière. L'un des garçons ressemblait à son père, la même démarche lourde, les pieds comme fichés dans le sol, les épaules massives, voûtées, et cet air absent posé dix centimètres au-dessus des têtes...

Longtemps avant d'emménager à Gagny, ils habitaient une ancienne maison de gardes-barrière sur une ligne fermée, près de Beaune-la-Rollande. Michèle venait de fêter ses dix ans quand ses parents en avaient fait l'acquisition lors d'une vente aux enchères, à Orléans. La seconde bougie du commissaire-priseur s'était éteinte un quart de seconde après que la voix de son père se fut élevée pour la première fois, dans cette salle intimidante.

La SNCF avait récupéré les rails, les traverses, les appareils de signalisation. Ne restaient qu'un semblant de quai et la moitié d'une plaque en ferraille « Saint-Tra... », accrochée au-dessus de la porte.

Les matins de bonne humeur, ses parents, complices, parlaient du train errant alors qu'elle trempait ses tartines. Elle suspendait le pain au-dessus du bol, attentive.

— Il a ralenti cette fois... Nous avons eu le temps de nous lever, d'ouvrir la fenêtre de la chambre... Les feux rouges arrière disparaissaient dans la forêt... Tu ne l'as pas entendu, Michèle ? Il sifflait tellement fort que nous avons eu du mal à nous rendormir !

— Pourquoi tu ne m'as pas réveillée ?

Il posait doucement sa main sur ses cheveux en bataille.

— C'est lui qui réveille les gens... Si par malheur on le fait à sa place, il se vexe et ne repasse plus jamais...

Des mois encore à effectuer les trajets quotidiens... À la maison, on s'était habitué à son silence. Sa mère la servait, les yeux humides, retenant ses larmes, tandis que le regard du père semblait avoir pris encore un peu de hauteur, de distance. Elle dormait dans un duvet de montagne, le lacet serré autour de la tête, comme une momie.

— Des lubies ! avait tranché son père. Ça lui passera.

Des employés de la SNCF accompagnés de policiers inspectaient maintenant les wagons, fouillaient les sacs, vérifiaient les identités. Tout le monde se conformait, entre une réflexion obligée à propos de ceux qui feraient mieux de les poser chez eux, leurs bombes, et le dernier rebondissement de *Rick Hunter*.

Michèle Deurne présentait sa carte orange, le visage braqué sur ses chaussures, marmonnant entre ses dents.

— Et moi, vous vous en êtes bien foutus de moi... Pas de flics pour les pauvres cons... Pas de flics pour les pauvres cons...

Le contrôleur haussait les épaules, désabusé, et passait à autre chose.

Sept mois qu'elle jouait aux dominos avec les

consignes automatiques quand le flic en civil affecté à ce secteur de la gare depuis une semaine remarqua son manège... Le premier casier vidé en un éclair, et ce paquet indistinct enfoui tout aussi vite dans un second casier... la pièce de 10 francs, la clef planquée au fond de la poche, et l'air traqué, inquiet de cette môme sans importance.

Son pouce écrasa la touche du talkie-walkie.

— Arrivez vite fait au point 7... Je crois bien qu'on en tient une... Elle vient de foutre un truc bizarre dans une consigne...

Il rangea l'appareil dans une poche intérieure de son blouson et se mit à courir. Michèle Deurne ne se doutait de rien, elle marchait vers l'esplanade, vaguement écœurée, comme chaque fois. La poigne du flic lui broya l'épaule. Elle voulut échapper à la prise mais il lui avait déjà fauché les jambes. Son nez s'écrasa sur le bitume qui prit instantanément le goût du sang.

On la traîna jusqu'aux consignes. Le flic lui passa les menottes avant de plonger la main dans son jean, pour prendre la clef. Le contact la fit frissonner de dégoût.

Il brandissait la clef devant ses collègues, la tenant par la pointe.

— La 548 ! C'est la 548...

Il se tourna vers Michèle Deurne.

— Qu'est-ce que tu as foutu là-dedans ? Tu vas nous le dire, sinon on fait tout sauter !

Elle s'était mise à pleurer, sur elle.

Il ne fallut qu'un quart d'heure aux artificiers pour arriver de la Cité. Deux minuscules charges de plastic et la porte du casier vola en éclats. L'un des hommes se risqua, dans la fumée et l'écho de l'explosion, à prendre à mains nues le paquet de chiffons et de papiers posé dans la consigne. Il le maintint à plat sur l'une de ses paumes et déplia précautionneusement les lambeaux de tissu.

Il poussa soudain un cri terrible et laissa tomber à terre le fœtus momifié qui le regardait de ses yeux vitreux.

Ne restait, au fond du casier, qu'une coupure de presse vieille de treize mois :

MYSTÉRIEUSE AGRESSION
SUR LA LIGNE PARIS-EST

« Plusieurs voyageurs dont les dépositions se recoupent avec précision affirment avoir assisté à un viol collectif dans le train de banlieue 7321, parti de la gare de l'Est à 22 h 12. Un peu après l'arrêt à Pantin, cinq ou six individus, manifestement sous l'emprise de l'alcool, ont agressé une jeune femme blonde et l'ont violée à plusieurs reprises alors que deux d'entre eux menaçaient les voyageurs à l'aide de crans d'arrêt. Bizarrement, ni la police ni la SNCF n'ont reçu de plainte de la part de cette mystérieuse jeune femme qui serait descendue à Gagny en refusant toute aide.

« Une enquête a été ouverte même si, rappelle-t-on au commissariat de Gagny, on estime que moins d'un tiers des femmes victimes de viol se présente spontanément aux autorités judiciaires. »

Il pleuvait, comme de juste.

Je n'avais jamais vu le soleil avant la mi-mars dans cette fichue ville, ou alors des tentatives; un rayon-suicide qui parvenait à se glisser entre deux nuages acides avant de s'écraser lamentablement sur les murs noircis des faubourgs.

Les jours s'enfilaient, les uns derrière les autres, pour former un long collier gris.

Inutile de vous dire que le moral allait de pair avec la météo. Au cours des dix dernières années, Courvilliers était passé de trente à cinquante-six mille habitants, après l'installation des usines Hotch, un groupe international spécialisé dans l'assemblage des moteurs de voitures. On n'y mettait jamais les pieds et c'était mieux comme ça : la boîte avait son propre service d'ordre qui s'occupait du ménage interne...

Les locaux du commissariat n'avaient pas suivi la courbe démographique, contrairement à la délinquance. Peu à peu j'en étais venu à partager mon bureau avec un, puis deux stagiaires. Jusqu'au transfert, la veille, du service de la « main courante », personnel et matériel. Ça n'allait pas chercher loin, deux couples de vieux flics amorphes et non fumeurs, autant de sièges, de bureaux, d'armoires. Quand même, cinq personnes, des adultes, dans moins de vingt mètres carrés, on frisait la surpopulation!

D'autres inspecteurs auraient rechigné à la perspective de bosser sous le regard de leurs subordonnés, mais ce qui me restait de religiosité hiérarchique m'avait définitivement abandonné à la vue de ma première fiche de paie, vingt ans plus tôt.

De ma place, près de la fenêtre (il faut être tout à fait

franc, j'avais conservé ce privilège), je surplombais les registres grands ouverts sur lesquels s'inscrivaient, heure par heure, les épisodes de la grande histoire des gens de Courvilliers : plaintes, accidents, vols, agressions...

Dix lignes maximum pour traiter chaque sujet, séparé par un double trait de stylo du sujet suivant dont le numéro était écrit en rouge dans la marge. La main habituelle, crispée sur le bâtonnet de plastique orange, alignait les signes avec soin.

....

....

1er mars 1984, 11 h 49.

Carrefour formé par les rues Charles-de-Gaulle et Général-Leclerc. Un camion de marque Citroën immatriculé 2827 HY 93, appartenant à la société Goix, 84, rue Villebois à Aulnay, est entré en collision avec un véhicule particulier Simca 1100 immatriculé 286 TA 75, conduit par son propriétaire, M. André Lemesle, domicilié à Paris. Dans le choc, M. Lemesle a été blessé au visage. Intervention de la PS. Le blessé a été dirigé sur l'hôpital de Villepinte.

....

....

Le téléphone se mit à sonner alors que la bille attaquait la seconde moitié du dernier trait.

Une voix de femme, suraiguë, m'agressa le tympan.

Les phrases s'entrechoquaient dans le combiné à une vitesse incroyable. Je réussis à isoler deux ou trois éléments qui, à la réflexion, justifiaient qu'on se mette dans un tel état avec un flic à l'autre bout du fil. Elle tentait de m'expliquer que son mari venait de mourir dans leur chambre. Ce qui ne collait pas, c'est quand elle précisait : sur son vélo...

Je notai l'adresse, Mme Ribot, 12, rue de Paris, avant de passer le papier à un stagiaire.

— Allez, on prend l'air !

Je n'aimais pas conduire et les deux jeunes sautaient sur la moindre occasion pour sortir du bocal. Donnant

donnant. La rue de Paris faisait partie d'une cité pavillonnaire construite en périphérie, sur d'anciens terrains marécageux qu'aucun agriculteur n'avait réussi à cultiver. Le boom industriel leur avait permis de les refourguer au prix de la végétale. Les transplantés commençaient à faire la différence : un garage, ce n'est pas obligatoirement l'endroit idéal pour la culture du cresson !

Les cris de la toute jeune veuve nous évitèrent de chercher le 12. Elle avait ameuté le quartier et les curieux nous firent une haie d'honneur jusqu'à la porte du pavillon. Dans ces cas-là, pas besoin de présentations, on sait immédiatement qui est qui. J'entrai dans la salle de séjour avec le jeune flic sur les talons.

— Venez vite... C'est affreux... Il est mort...

Elle nous guida vers la chambre, une pièce étroite meublée d'un lit et d'une armoire en acajou. Le sol, du parquet vitrifié, était recouvert d'une série de petits tapis indiens très colorés. Mon regard se posa sur le vélo d'appartement placé au pied du lit devant un écran de télévision relié à un magnétoscope. Je m'attardai sur l'homme mort en pyjama rayé dans la position du coureur baissé. J'évitai de fixer trop longtemps ses yeux immobiles révulsés par la souffrance. Je crus y lire comme de l'incrédulité... Je me tournai vers la femme.

— Votre mari était cardiaque ? Ce n'est pas toujours recommandé, les exercices sur vélo... Surtout quand on prend de l'âge...

Elle éclata en sanglots.

— Non, ce n'est pas ça. C'est affreux...

Je m'étais approché du magnétoscope, irrité et gêné à la fois par la scène, et j'appuyai nerveusement sur la touche de mise en marche. Les images d'une arrivée d'étape animèrent l'écran. Je pris le boîtier de la cassette posé au-dessus du téléviseur. Une main malhabile avait complété le cadre d'identification de l'enregistrement :

« Tour de France 1982. Étapes de montagne. »

— Il s'entraînait souvent en visionnant les émissions cyclistes ?

La femme renifla avant de me répondre.

— C'est ma faute. Il l'a depuis trois mois, ce vélo de malheur. Je lui ai payé... Pour son anniver... C'est moi...

Elle s'arrêta, vaincue par les larmes. Le stagiaire s'était approché du cadavre; il m'appela pour me montrer du doigt la large tache sombre qui s'élargissait à l'entrejambe du pantalon de pyjama. Je compris d'un coup ce que la femme ne parvenait pas à nous dire ainsi que l'expression de surprise qui se lisait dans le regard du mort. D'ailleurs, à cet instant précis, mes yeux devaient ressembler à ceux de Ribot quand il réalisa, une fraction de seconde trop tard, ce qui lui arrivait.

Hinault devait être lancé à la poursuite de Van Impe et il mettait toute la gomme pour sauver son maillot jaune... Derrière, Ribot se maintenait dans la roue du Français pour conserver sa veste de pyjama à rayures. Si seulement il n'avait pas négligé de vérifier son matériel avant de prendre le départ!

Le collier de serrage de la selle prenait du jeu à chaque effort, chaque tension des muscles. Bientôt le tube montant du cadre vint cogner le rembourrage, sous l'assise.

À deux kilomètres de l'arrivée, tandis que Hinault plaçait Van Impe dans sa ligne de mire, le métal attaquait le cuir du siège. À trois cents mètres du but, le Breton se porta à la hauteur de son adversaire. Ribot tenta de déborder par la gauche du tapis en se penchant dangereusement vers l'extérieur, vers l'armoire. La selle s'ouvrit en deux, le cuir craqua dans un bruit mou à l'instant précis où Hinault faisait franchir la ligne blanche à son boyau avant. Il leva les deux bras pour marquer son triomphe tandis que Ribot s'enfonçait d'un coup sur le tube chromé qui lui perfora les intestins, le tuant net.

Le stagiaire rompit le silence.

— Qu'est-ce qu'on fait dans des cas pareils, inspecteur?

— Je n'en sais pas plus que toi! Tu crois que j'ai l'habitude d'en ramasser des dizaines dans cet état-là...

Passe un coup de fil à l'hôpital, ils se débrouilleront. Quand tu auras fini, pense à relever la marque du vélo, numéro de série, provenance, fabricant, enfin tout ce que tu peux trouver d'écrit dessus et sur les factures.

Il me regarda avec des yeux ronds.

— C'est vraiment utile ?

— Fais ce que je te dis. Ce gars-là ne doit pas être le seul à grimper le Tourmalet et l'Aubisque en chambre. Il vaut mieux prévenir le reste du peloton si on ne veut pas qu'ils finissent tous sur le pal en appuyant sur les pédales.

Le sportif de la rue de Paris eut droit au numéro 797, huit lignes coincées entre une bagarre dans un café corse et un vol à l'arraché. Quant à moi, il ne me restait plus qu'à attendre le prochain coup de téléphone en guettant le moindre rayon de soleil.

Les trois titres suivis d'un astérisque sont ceux de textes publiés pour la première fois en 1989 aux éditions de L'Instant.

Madame de La Fayette
La Princesse de Clèves

Jean de La Fontaine
Le lièvre et la tortue
et autres fables

Alphonse de Lamartine
Graziella

Gaston Leroux
Le fauteuil hanté

Longus
Daphnis et Chloé

Pierre Louÿs
La Femme et le Pantin

Howard P. Lovecraft
Les Autres Dieux

Arthur Machen
Le grand dieu Pan

Stéphane Mallarmé
Poésie

Félicien Marceau
Le voyage de noce de Figaro

Guy de Maupassant
Le Horla
Boule de Suif
Une partie de campagne
La maison Tellier
Une vie

François Mauriac
Un adolescent d'autrefois

Prosper Mérimée
Carmen
Mateo Falcone

Molière
Dom Juan

Alberto Moravia
Le mépris

Alfred de Musset
Les caprices de Marianne

Gérard de Nerval
Aurélia

Ovide
L'art d'aimer

Charles Perrault
Contes de ma mère l'Oye

Platon
Le banquet

Edgar Allan Poe
Double assassinat dans la rue Morgue
Le scarabée d'or

Alexandre Pouchkine
La fille du capitaine
La dame de pique

Abbé Prévost
Manon Lescaut

Ellery Queen
Le char de Phaéton
La course au trésor

Raymond Radiguet
Le diable au corps

Vincent Ravalec
Du pain pour les pauvres

Jean Ray
Harry Dickson
- Le châtiment des Foyle
- Les étoiles de la mort
- Le fauteuil 27
- La terrible nuit du Zoo
- Le temple de fer
- Le lit du diable

Jules Renard
Poil de Carotte
Histoires naturelles

Arthur Rimbaud
Le bateau ivre

Edmond Rostand
Cyrano de Bergerac

Marquis de Sade
Le président mystifié

George Sand
La mare au diable

Erich Segal
Love Story

William Shakespeare
Roméo et Juliette
Hamlet
Othello

Sophocle
Œdipe roi

Stendhal
L'abbesse de Castro

Robert Louis Stevenson
Olalla des Montagnes
Le cas étrange du Dr Jekyll et de M. Hyde

Bram Stoker
L'enterrement des rats

Erich Segal
Love Story

Anton Tchekhov
La dame au petit chien

Ivan Tourgueniev
Premier amour

Henri Troyat
La neige en deuil
Le geste d'Eve
La pierre, la feuille et les ciseaux
La rouquine

Albert t'Serstevens
L'or du Cristobal
Taïa

Paul Verlaine
Poèmes saturniens
suivi des Fêtes galantes

Jules Verne
Les cinq cents millions de la Bégum
Les forceurs de blocus

Vladimir Volkoff
Nouvelles américaines
- Un homme juste

Voltaire
Candide
Zadig ou la Destinée

Emile Zola
La mort d'Olivier Bécaille
Naïs

Histoire de Sindbad le Marin

Librio
Le livre à 10 F

161

Achevé d'imprimer en Europe
à Pössneck (Thuringe, Allemagne)
en mars 1997 pour le compte de EJL
84, rue de Grenelle 75007 Paris
Dépôt légal mars 1997

Diffusion France et étranger : Flammarion